俺が買われたあの夜に。

ナツ之えだまめ

C O N T E N T S

✦目次✦

俺が買われたあの夜に。

✦カバーデザイン＝齊藤陽子（CoCo.Design）
✦ブックデザイン＝まるか工房

イラスト・水名瀬雅良✦

俺が買われたあの夜に。

自分、深井諒太《ふかいりょうた》は、十万円で一晩買われたことがある。

あれは二年前、二十四歳のときのこと。

当時、深井は小さな工務店に勤めていた。

会社に入って丸二年、職種は一応、インテリアデザイナーだった。聞こえはいいが、一番下っ端なので、言われればなんでもやった。深井が男としては貧相だったのも軽んじられる原因だったろう。深井の髪は赤茶けておりコシがなく、肌が白くて涙袋が目立ち、身長は百七十センチに足りず手足は細く、身体《からだ》は薄っぺらい。猫背のせいで、よけいに小さく見えるらしかった。

工務店の社長は悪い人ではなかったが、常に自分が優位にいないと気に食わないタイプだった。ときおり、深井は自分でも気がつかないうちに反抗的な態度を取ったらしく、社長にむっとされたりした。それでも、きわめて勤勉に働いていたから、それなりに頼りにされていた。

少なくとも、そうと信じていた。

新しく入ってきた女の子が、社長とおかしな関係になるまでは。

今でも思い出すと信じられない心地がする。たった一人の、高校を出たばかりの、あどけない顔をした女の子に、まがりなりにも三十年続いてきた工務店が、あそこまでぐちゃぐちゃにされるなんて。寝起きの悪い深井がときおり見ることのある、定まりのつかない夜明け近くの悪夢のようだ。

社長が、自分の娘よりも若いその子と懇《ねんご》ろになり、彼女は「おねだり」をして、自分の兄を工務店に入社させた。その男はいきなり、深井のいる内装課の課長職に就いた。公私混同もはなはだしい。この時点で、工務店でおもだった先輩たち、技術があって転職先に困らない者たちは辞めていった。残ったのはパートの事務員とまだ手に職をつけていない若手、つまりは深井のような社員たちだけだ。

工務店の技術者が流出し、仕事の質が落ちたのは火を見るよりも明らかだった。さらに困ったことに、新しい課長は内装工事のことをまるっきりわかっておらず、浴室の壁をリビング用の漆喰《しっくい》で塗ってかびさせたり、日に当たると変形しやすい木材を使って縁側をゆがませたり、工事箇所の穴あけを間違って天井を水浸しにしたりした。

そのたびに謝り、ときには工具を手にして修理をし、怒鳴られるのは深井だった。

さらに、その課長は工事の予定を組めない男だった。施工のスケジュールには順番がある。床板を張っていないのに畳は敷けないし、電気の配線が来ていないのに壁は張れない。だが、課長はまったくでたらめに指示を出し、施主と工務店の間に入った深井は三ヶ月で四キロ体重が減り、細い身体はさらに細く、あばらが見えるほどになっていた。

そしてある朝、出社したら、自分の机がなかった。

気に入らないから辞めろ、ということだろう。新参の女の子が肩をすくめてこちらを見ていた。課長は勝ち誇ったように笑っていて、優しかったパートの事務員さんが視線をそらして下を向いた。

正社員の場合、退職勧奨は誘引であって応じる義務はない。そのぐらい深井だって知っていた。これはどう考えてもおかしいことだ。

だが、ものを言うことができなかった。

必要とされていると信じていた。

それだけは確かだと思い込んでいた。この会社は自分がいないとにっちもさっちもいかないと疑っていなかったからこそ、無理を押して続けてきたのだ。

だが、今、おまえなどいらないと突きつけられた。糸がぷちりと音を立てて切れた気がした。だったらここにいてもしょうがない。廊下に出ると、社長とすれ違った。社長は深井を無視した。ああ、この人は課長とあの女の子をとるんだ、その事実を目の当たりにして、さらに力が抜けていった。

深井は、会社の机やロッカーを片付けることもなく、とにかく残った力を振り絞ってアパートに帰った。今までいっしょに仕事をしていた人が誰一人、声をかけてくれなかったのが、きつかった。

なんだかばかばかしくなった。こんなに身が細るほど仕事をしたとしても、報われることはない。あの会社に自分の居場所はない。もしかして、この世界のどこにもないのかもしれない。

そのまま郵送で退職届を出した深井は、自宅でじっとしていた。腹が減るとコンビニに行って食事を仕入れて食い、また布団に横たわって目を閉じる。暗くなっても明かりはつけない。部屋の中で一人、ただ横たわっている。起きているのか、眠っているのか。自分でもわからなくなってくる。そのうち生きているのか死んでいるのかさえ曖昧《あいまい》になってきた。

唯一の楽しみめいたものといえば、近所のコンビニへの買い出しの際、公園で鳩《はと》が群れているのをベンチに座って見ることぐらいだった。

暑さが和《やわ》らぎ始め、キンモクセイが香り出す。気候がよくなったので、ゆっくり鳩を眺めることができた。

深井は特に鳩の首のあたりの色がきれいだと思う。つやつやした緑色、グラデーションを描きながら、鳩胸の由来である膨らんだ胸部へと続いている。鳩は一羽一羽模様が違うのも観察しているとわかってきた。そして、いつも同じ相手といる。夫婦か恋人なのだろう。二羽で餌《えさ》をつついているのが微笑《ほほえ》ましかった。

それなのに、自分ときたら。

親の縁も薄いし、大学まで出してもらったけれど特になにができるでもないし、とりわけハンサムでも、男らしいわけでもない。それでも実直に取り組んでいれば認めてもらえるのではないかと期待していた。それは一種の信念だった。

けれど、その思い込みは瓦解《がかい》してしまった。崩れてしまった。

自分が、今まで必死にすがっていた社会との絆《きずな》、臍《へそ》の緒のようなものが朽ち果てていくのを感じていたが、深井にはそれを回復させるすべが見つからず、ただひたすらに己が弱っていくのを感じているだけだった。

ある日、いつものようにコンビニに行くついでに公園のベンチで鳩を見ていたら、長く大きな影が差した。前に人が立ったのだ。その人はなにも言わずにそこにいた。

「……？」

のろのろと顔を上げる。

がっちりした身体つきの、スーツ姿の男がいた。短めの髪は後ろになでつけ、険しい顔をしている。眉《まゆ》がしっかりしていて彫りが深い。やのつく自由業の方だと言われても納得してしまいそうな風体だ。

深井は彼を知っていた。

「五十嵐《いがらし》さん……」

「深井さん」

五十嵐祥平《しょうへい》は、辞めさせられた工務店に出入りしていた業者だ。オオバクロスという壁紙会社の営業担当で、これでよく営業がつとまると思うくらい、寡黙であまり表情の変化のない男だった。

けれど、相談すると即座に壁紙を選定してくれて、知識の深さとレスポンスの早さに驚かされた。また、深井の壁紙の趣味をよく理解していて、こういうのが出たんです、お好きでしょうとサンプルを持ってきてくれた。

この壁紙は部屋を明るく見せるとか、立体的で高級感があるとか、ウィルスを八十パーセント吸収するとか、最新情報を話すとき、ほんの少し五十嵐の口元は緩んでいて、年は彼のほうが七つばかり上なのになんだか可愛《かわい》らしく感じて自分まで嬉しくなった。

「こんなところで、なにやってるんですか」

五十嵐は痛ましいものを見るような表情をしていた。深井は自分の姿をあらためて見直す。膝《ひざ》の抜けそうなジャージに無精髭《ぶしょうひげ》。その無精髭も、産毛みたいなものだから、よけいにみっともない。

こんなだらしない格好を彼に見せたことはない。今まで会社にはきちっとスーツを着て出勤していたし、現場作業に出向くときは作業服だった。

なにをやっているのかと問われて、考える。なにを、やっているんだろう。

「えっと、鳩を？　見てる？」

長く人と話していなかったせいで、うまく言葉が出てこない。つっかえつっかえになった。

五十嵐はじっと自分を見つめていた。深井が膝をそろえて背を丸くしてしまうぐらい、長い時間だった。

「ごはん、食べに行きませんか」

彼は怒ったようにそう言うと、有無を言わさずに深井の腕を摑《つか》んで立ち上がらせた。ためらうことなく引いていく。圧倒的な体格差と、その迫力に負けて逃げられなかった。すごすごと彼に連行されるがごとくついて行く。

入ったのがファミレスであったのは、賢明な選択だろう。だらしない深井の格好でもかろうじて許される店だ。

五十嵐が頼んだ唐揚げ定食を前に、話を聞く。

「あの工務店、もうだめですよ。深井さんがいなくなって、まったく回らなくなってたんですが、課長職に就いた兄というのがじつはあの女性の彼氏だったことがわかって、辞めろ辞めないで揉《も》めているところに、社長の奥さんが乗り込んできて、もう仕事どころじゃなかったですよ」

「そうですか」

大学を卒業してからの間、お世話になった会社だけれど、なんの感慨もない。よその国のことのようにしか思えない。

深井の様子に気がついたのだろう、五十嵐は工務店の話はやめた。その代わり、聞いてきた。

「深井さん、ハローワークには行ってるんですか」

深井は定食のキャベツを箸《はし》の先でつつく。

「なんですか？」

箸を止めて考える。なんで。どうしてだろう。

「めんどうくさいから後回しにしていいことじゃないです」

「……」

ぼんやりと五十嵐を見上げる。長くなってもつれた前髪の間から、彼の顔を見ることになる。彼は怒っていた。

「会社都合ならすぐに失業保険が出るはずですよね。早くもらったほうがいいですよ」

残念だが、退職届を郵送で出したのは自分だ。

「あー、自己都合の依願退職だから、まだ出ないんです」

それにだいたい離職票をもらっていない。

「なんで、そうしたんですか」

「なんでって。そうなったんです」

とにかく、億劫《おっくう》でしかたなかったのだ。

「しっかりしてください」

なんだか変なの。

「いいえ」

「五十嵐さん、なんで俺になんてかまうんですか。関係ないじゃないですか」

どんどん進んでいけばいい。取り残してくれていい。自分になんてかまうことなく。

五十嵐はぐっと黙り込んだが、まだ怒っているようだ。剣呑《けんのん》な気配はそのままだった。

「そういうこと言うの、やめてください」

深井は口元が緩まるのを感じた。たぶん、微笑もうとしたのだ。だが、長く使っていない筋肉はうまく動かず、ひどく中途半端なものになってしまった。

深井は箸を置いた。

五十嵐を見つめる。

見かけは恐いけれど、いい人なのだ、五十嵐は。心配して、様子を見に来てくれたのだ。

深井が会社を辞めたことに対して、行動してくれたのは、五十嵐だけだ。

「ありがとうございます。でも、いいんですよ。ほんとにもう。俺なんて、どうなってもいいんです」

「どうなってもいいって。働かなかったら、金だってなくなるでしょう」

「それは、そうですね」

まだ二年しか働いていない。慎《つつ》ましく暮らしていたので、少々の蓄えはあったが、それもいずれ尽きるだろう。

「お金がなくなったら……——のたれ死ぬのかな」

そうつぶやいた。

あとから考えれば実家を頼ればよかったのだ。ほかにも助けてくれそうな友人は何人もいたのに、思いつかなかった。なんだかめちゃくちゃ視野が狭くなっていて、身動きがとれなくなっていた。

「いい加減にしてください」

五十嵐の怒声は、周囲の数テーブルとちょうど通りかかったウェイトレスを怯《おび》えさせるくらいには大きかった。本人もそれに気がついて小さく、しかし声には気迫を滲《にじ》ませて言った。

「そんなことしてると、つけ込まれますよ。俺に」

「五十嵐さんに？」

「俺がゲイなのは知ってますよね？」

もちろん、知っている。

五十嵐は自分が同性愛者であることを公言していた。前に恋愛沙汰《ざた》でトラブルがあったらしく、あらかじめ宣言していた。

工務店の社長があういう人なので、ときおりそれをネタにして五十嵐を不愉快な言い方でからかった。新しい課長も同調していた。そのたびに自分はたしなめたものだ。

だって失礼だ。

考えてみれば、そんな言動もまた、あの人たちの気に障ったのかもしれない。

「深井さん。もし俺が、抱かせてくれって言ったらどうするんですか」

「……え？」

今なんと言ったのだろう。聞き間違いなら申し訳ないと思いつつ彼を見ると、五十嵐は緊張しきった面持ちでまっすぐにこちらを見ていた。

「どうでもいいんですよね。それだったら、男と寝るのなんてたやすいはずでしょう？」

突き刺さってくるような視線だった。どっと汗をかき、なにを言えばいいのかためらう。

「えーと。そうですね。十万円くれるならいいかな、なんて」

そう言って深井はスープのカップを手にした。冗談にして話をそらした……――、そのつもりだった。だが、五十嵐は無言で立ち上がって出て行った。

彼のぶんの定食は手つかずのままだ。変なことを言ったから、腹を立ててしまったんだろうか。

心配して来てくれた人を不愉快にさせてしまうなんて、やはり自分はだめなやつだ。今だって、ほかにもっとうまいかわし方があったはずなのに。

外になんて出てこなければよかった。鳩なんて見なければよかった。ずっとあの部屋に閉じこもっていればよかったのだ、自分なんて。

「あー……」

スープのカップを片手に思い出す。自分がほとんど金を持っていなかったことを。

これからコンビニに買い物に行くつもりだったから、パンをいくつか買える金しか持っていない。キャッシュカードもクレジットカードも部屋にある。

「しまったな」

それらを取ってくるまで、店の人は待ってくれるだろうか。

考えながら具のほとんど入っていないスープを飲んでいると、五十嵐が戻ってきた。彼の手にはコンビニの袋がある。彼は席に座ると、袋の中から封筒を取り出した。それをテーブルの上に置く。

彼は言った。

「十万円、入っています」

ごくりと飲んだスープは液体なのに重く感じた。


まさか、ほんとうに十万円なんて大金を積んでくるなんて予想の範囲外だ。自分の身体にそれほどの価値があるとは、とても思えない。

もしかして五十嵐は、こんな自暴自棄になっている自分をいさめようとして、見せ金として下ろしてきたのだろうか。そう仮定してみたが、五十嵐は真剣な顔をしていた。黙って深井がスープをちびちびと飲んでいるのを見ている。

五十嵐が本気であることが、ひしひしと伝わってくる。

のっぴきならないところにきてしまったことを悟った深井は、薄いスープをよくぞここまでというほどに時間をかけて飲んだ。ほかの食事はどうにも喉《のど》を通りそうになかったのだ。それなのにどうしてだろう。「断る」とか「なかったことにする」とか「ジョークだったと謝る」ことは選択肢になかった。それは、考えることが面倒だったからなのか。それとも……——

すでに食事を終えていた五十嵐は、辛抱強く深井が気の済むまでスープを飲むのを待っている。会計伝票はとっくにテーブルの上にあり、水差しを持ったウェイトレスが四度も「いかがですか」と注《つ》ぎに来た。

とうとう、深井はスープの最後の一滴を飲み込んでしまった。カップをテーブルに置く。

「ごちそうさまでした」

「じゃあ、行きましょう」

ファミレスを出るときに、彼はさっきの十万円が入った封筒を内ポケットにしまった。

「検索してみたんですけど、駅の反対側まで行かないとだめみたいですね」

「あ、はい」

私鉄の駅のこちら、南側は住宅街だが、高架下をくぐって北側に行けば、色味が変わる。夕暮れ近いこの時間、看板は電飾に縁取られて輝きだす。スナックやキャバクラが軒を連ねる歓楽街なのだ。

五十嵐が手を差し出した。深井は握り返した。人のぬくみ。温かさ。もうずいぶんとふれていないものだ。

夕刻のオレンジの光の中を、二人、手を繋《つな》いで、歩いて行く。

できないと言ってこの手をふりほどけば、五十嵐は追ってこないだろう。けれど、そうしたらきっと彼を傷つける。それに自分は知っている。恐れと戸惑いの向こうに、自分の中に芽生えているものがあることを。それは好奇心、に似ているけれど、もっと鋭いものだった。ただ五十嵐だけに対して存在している、なにか。

道を二回曲がって坂を上がると、いきなりラブホテル街になった。駅近くとは思えないほどひしめいている。そのうちの一軒、「シェイプス」というホテルの前で五十嵐は足を止めた。

「ここに入ります」

ついと自然に引かれて、自動ドアを入っていく。

ロビーには人影はなく、パネルがあった。部屋の写真がアイコンみたいに並んでいる。好きな部屋を選んで押せばいいらしい。

「どこがいいですか」

どこと言われても。深井はパネルを直視することさえ難しいのだ。

「……どこでもいいです」

答えると、五十嵐が手を伸ばしてボタンを押した。カシャッと音がして、横のスリットからカードキーが出てくる。

五十嵐がそっとまだ繋いでいた手を引いたので、彼に従い、深井はエレベーターに乗った。

「あの」

エレベーターの中で疑問に思ったことを聞いてみる。

「お金ってどこで払うんですか」

「室内に精算機があると思います。そこで支払います」

五十嵐は、こういうところを利用するのは初めてじゃないんだろうな。落ち着き払った態度から、深井はそう予測した。

エレベーターから降りて一番手前の部屋で五十嵐は、カードキーを使ってドアをあけた。

「どうぞ」

五十嵐に中に入るように促される。入ったら二人きりだ。体格に差がありすぎて、彼になにをされても、自分にはどうにもできない。

乱暴にされても、痛いことや苦しいことをされても、誰にも文句を言えないのだ。

それなのに、どうして自分は、走り去ろうとしないのか。

ただ、覚悟が決まるのを深呼吸しながら待っているのか。

「はい」

五十嵐と繋いでいた手をほどいて、身体を、すべり込ませた。五十嵐がカードキーを室内にセットする。明かりがついた。

「へえ……」

白を基調とした部屋は思ったほど華美ではなく、深井をいくらかほっとさせた。大きなモニターにはマイクがセットされていて、カラオケが歌えるらしい。さすがにベッドは大きく、二人どころか四人ほどが余裕で眠れそうだった。サイドにはテーブルとソファがあり、灰皿が置いてある。広いバスルームがこちらから透けて見えた。

ベッドの枕元にティッシュボックスがあり、ゴムが二つ、籠《かご》に入って置いてある。そういうことをするところなのだと突きつけられた気がした。

「あの、俺、お風呂。お風呂、入りたいんですけど」

時間を引き延ばしたいのと、ほんとうに風呂に入りたいのと、半々の気持ちで訴えた。

このまえシャワーを浴びたのは、二日前だ。涼しい季節なのでそこまで汗臭くはないと思うのだが、密着するのだったらどうしたって隅々まで洗わないと気がすまない。

「わかりました。湯を入れてきます」

そう言って五十嵐が上着を脱いでクローゼットにしまうと風呂に赴く。深井はほーっと息を吐いて、ベッドの端に座る。

五十嵐はなかなか帰ってこなかった。見るとじっと風呂場で湯を見張っている。そんな必要があるとは思えないのだが、彼のほうもあれでいてもしかして、けっこう落ち着かない気分なのかもしれない。お知らせの音が鳴った。五十嵐はベッドルームに帰ってくると、「湯が入りました」と深井に告げた。

「あ、じゃあ、お先に失礼します」

そう言って風呂に行きかけ、深井ははっと振り返る。

「風呂に入っているところは、見ないでください」

「わかりました。バスルームとの境目の窓は、ブラインドを閉めておきますから」

服を脱いで入ると、バスルームの中には、いい匂《にお》いが立ちこめいてた。風呂が泡だらけになっている。このまま入ったら湯を汚してしまいそうで、いったんシャワーを浴びて、ついでに髭も剃《そ》ってから、中に入った。バスタブはとても広くて、手足を思い切り伸ばせた。

窓を見ると、こちらからはマジックミラーになっていてベッドルームは見えないつくりになっている。なるほどと感心しながらのびをする。

妙に現実感がない。

このまえセックスをしたのは、大学三年生のときだ。バイト先の先輩で、年上の女性だった。泣いているときに慰めていたら、そうなったんだ。落ち込んだときに、女の人は慰めて欲しくなるのかな。

バシャバシャと足先で湯を蹴《け》る。

少し恐い。

五十嵐のことは、常識的なおとなであると認識している。だけど、ほんとのほんとはどうなんだろう。人の真実の姿なんてわからない。

湯からあがると、そこにバスタオルとバスローブが出ていた。脱いだパンツとシャツをもう一度身につけるのもいやだったので、素肌にバスローブをまとう。きちんとクリーニングしてあって、気持ちいい手ざわりだった。女性ものなんだろうか。自分には少し小さくて、ひょろりと手足が出てしまう。ベッドルームに行くと、五十嵐がこちらを見て驚いた顔をしていた。きっと自分の身体が貧相なせいだろう。

「俺も、入ってきます」

そう言って彼が出て行く。出てきたらセックスすることになる。五十嵐と。あの男と。どんなことになるのだか、想像ができなくてしかめ面になる。ああ、次に女の子とセックスするときが来たら、そんなことがあるとしたら、そのときにはとっても優しくしてあげよう。そう深井は決意する。体格差のある男とひとつの部屋に入ってすべてをさらけ出す。そんな勇気を今までの子は出してくれていたのだ。もっと感謝するべきだった。

ベッドの端に腰かけた。膝ががくがくしていることに気がついて、いっそベッド上に寝転がる。

見るとベッドサイドのテーブルに彼の鞄があり、携帯とコンビニの袋とさっき見た金の入った封筒が置いてあった。手を伸ばして引き寄せ、ちらりと中を覗《のぞ》いてみると、札が入っている。五十嵐の不用心さに少々あきれる。このまま自分が金を持って出ていったらどうするつもりなのだろう。封筒を元に戻してから、服をバスルームの脱衣籠に置きっぱなしにしたことに気がついた。このバスローブ姿では、外に出ることもままならない。

「お待たせしました」の声に、深井は身を起こした。

「うわ」

五十嵐の身体は、自分とまったく違っていた。ほれぼれするような腕の筋とか、足のふくらはぎの盛り上がりとか、バスローブを着ていてもわかる胸の厚みとか。反して自分の身体は、薄べったい。五十嵐の筋肉量の半分以下しかついていないに違いない。

どこをどうしたら、こんな男らしい身体になるのだろう。縦の成長が中学生で止まっている自分には、一人前の男である五十嵐の体型は眩《まぶ》しく映る。

「逃げなかったんですね」

そう言って、彼がベッドに上がってきた。ぎしっと音がして、知らず、深井は尻《しり》でわずかにあとじさってしまう。

「服が、なかったので」

「取りに来れば、よかったのに」

「いいんですか。帰ってしまっても」

「がっかりはするでしょうね」

「どうして」

「あなたのことが、好きだから」

「……！」

驚きに開いた唇を、五十嵐が素早い動作でふさいだ。ごくごく軽いキスは、すぐに終わる。

「好き……？　五十嵐さんが、俺のことを？」

「好きですよ」

「いつからですか？」

「俺のことをかばってくれたときから、ですかね」

彼は深井を見つめてくる。

「ゲイだからと、からかわれるのは慣れているんです。放っておいてくれても平気だったんですよ。あなたのきれいな心が言わせたのはわかっていても、それであなたがあの会社によけい居づらくなったのだとしたら、俺は責任を感じずにはいられない」

この世の中に、自分を認めてくれる人間がいる。ただそれだけのことに、ひどく心を揺さぶられている。

「深井さんは、俺が、恐いですか？」

静かに五十嵐が聞いた。深井は正直に答える。

「恐かったけれど、今はそうでもないです」

「俺は深井さんに、ひどいことはしません。……しない、つもりです」

そう言うと五十嵐は身体を離して手を差し出してきた。手のひらを上に向けている。手は、さっき握った。だから知っている。その手が温かく、頼もしいことを。

思い切って、自分の手を重ねた。

手の甲に、五十嵐が唇を寄せてくる。

彼の目がこちらを見た。今日、公園のベンチで深井の目の前に立ったときと同じ、痛ましげな視線だった。

それから、五十嵐は深井の手の甲に頰《ほお》を寄せてきた。さっき風呂に入ったときに髭を剃ったんだとわかる、つやつやした五十嵐の頰。ほんの少しの引っかかりもないようにていねいに剃られていて、ただただくすぐったい。

「……?」

おかしいな。男に手の甲に頰擦りされている。本来だったら、もっとこう、嫌悪感があってもいいんじゃないだろうか。だのに自分にあるのは、期待だけだ。期待？　五十嵐に？

彼は、手首を握った。彼の大きな手の中で、深井の手首はやけに華奢《きゃしゃ》に見えた。けれど五十嵐はていねいに持っている。ガラス細工を扱うように、もしかしたらそれ以上にずっと慎重に、大切に扱われている。深井の手を返すと、今度は手のひらに五十嵐のキスが落ちる。

「深井さん。あんなふうに、言わないでください」

彼は言った。

「あんなふう？」

「自分に価値がないみたいな。世界のどこからも切り離されているみたいな。そんな悲しいことを言わないでください」

「……」

そう見えたのだろうか。彼にはわかってしまうのだろうか。

「覚えていてください。あなたが不幸でいることに、俺は耐えられないんです」

苦しいのは彼のほうみたいだ。眉間《みけん》に皺《しわ》が寄っている。自分のために彼をこんな顔にさせているのなら、申し訳ない。

「あ」

彼の唇がすべってきた。舌先が忍びやかに、バスローブの広い袖口《そでぐち》をまくり上げるようにして、肘《ひじ》の内側を舐《な》めた。

「え？」

こんなふうにされるとは思っていなかった。

「ちょっと待ってください」

「いやですか。だったらしませんが」

「そ、そうじゃなくて。あの。その、い、挿《い》れるんですよね」

「挿れる?」

「だからあの、五十嵐さんのを、俺の、あそこに」

「あそこって?」

深井の知識は中学生男子の下品な会話から仕入れたに過ぎない。

「俺の、その、アナル、に……」

最後は小さく、蚊《か》の鳴くような声になった。そこに至って、ようやく深井は、自分が五十嵐に「言わされた」ことに気がついた。

彼がおかしそうにしている。

「五十嵐さんは、意地悪です」

「すみません。深井さんが愛らしくて、つい」

そう言いながらも、舌先に肌を探られる。

乱暴にされるのだと予想していた。五十嵐は身体が大きいし、いかにも獰猛《どうもう》な欲求を持っていそうだ。その本能のままに、もっと自分の欲望に忠実に進めてくるとばかり考えていた。けれど、彼の抱き方は深井の想像と違いすぎた。

ゆっくりと、落ち着いて、深井の身体を手なずけ始める。

「ここの肌、きれいですね」

そう言うと、五十嵐は何度も唇と吐息で、もう少しで脇《わき》の下に入るところ、くすぐったさと快感の境界線がある腕の付け根を刺激した。

「そこ、だめです。変な感じがするから」

そう言って閉じようとする脇を、彼の手で止められる。唇はそのまま腋窩《えきか》まで進み、淡い体毛をかいくぐって舌先を届かせる。こんなこと、されたことない。ほかの、誰にも。

「あ、や、五十嵐さん……！」

「恥ずかしいんですか？」

嬉しそうな顔をしている。この人は、こんな『悪い』顔をする人だったのか。

「そういう楽しそうな顔、しないでください」

そんな。こんなところを。

身が縮こまる思いがする。そうするとよけいに汗をかいてしまいそうで、そうしたら彼にそれを舐めさせてしまうことになってしまうから必死に引き離そうとするのに、深井の二の腕の角度はいとも軽々とひきあけられてしまうのだ。

「楽しいですよ？」

嬉しげでみだりがましい声音。それが、じんじんと腰に響いてくる。身体がざわめいている。なんなのだろう、これは。

五十嵐の口づけは耳の下に位置を変える。何度も食《は》まれている。自分が獲物だったら喰《く》い殺されているだろう。

いや、違う。母狼《ははおおかみ》が子供の狼を運ぶみたいに用心深い。傷ひとつ、つくわけがない。

五十嵐の指が深井のバスローブの紐《ひも》の端をつまんだ。

「あけます」

ああ、明かりを。天井の明かりを、もっと暗くしてくれるといいのに。

膝を立てて腰を浮かせて、バスローブを抜き去る彼の動きを助けながら、そういえば下になにもつけていないことに考えが至って、めまいがした。ちゃんとパンツを穿《は》いておけばよかった。

一気にすべてがあらわになってしまう。

五十嵐がつくづくと見ている。

「あんまり、見ないでください」

五十嵐とは比べものにならない、貧弱な肉体だ。

「あなたは」

ああ、と彼は嘆息めいた息を漏《も》らした。

「隠れたところがきれいなんですね。全部」

なにを言っているんだ、この男は。目をしばたたかせる。だが五十嵐は、本気で言っているようだった。

「たとえば、こういうところとか」

そう言って鎖骨の窪《くぼ》みに丹念に口づけてきたので、深井はまたさっきの、甘さを伴うぞよめきに身体を侵食されてしまう。

五十嵐の両手が、乳首にふれた。ざわざわした感じは、よりいっそう強くなる。この皮膚にそのしるしが表れるのではないかと憂慮するほどの高まりだった。

「あの、すみません。なんだか、そこ、苦手で」

「くすぐったいですか？」

そう言って彼がその無骨な指でよくもそこまでというほどにとっても優しく撫《な》でたものだから、さらにまた、奥からうねるように感覚が立ち表れてしまう。

「男でも感じるんですよ。ここ」

そう言って、彼は胸の突起に口づけてきた。そうなのか。自分は感じているのか。じゃあ、つきんと鋭く身体の奥に走るこれは、性感なのか。だから妖《あや》しく自分の下半身に、もっといえばペニスや陰嚢《いんのう》やさらに奥まった身体の中までが、こもる熱さをまとっているのか。

五十嵐の手が腰を撫でた。それから深井の膝を折り、開く。

熱が集まっているところに、彼の指が、いままさにふれようとしている……——そう予感してぷるりと自分のペニスが打ち震えさえしたのに、彼の手はあっさりと、そこを通過してしまった。

彼の手がふれたのは足だった。五十嵐は深井の足を持つと、かかとを手のうちにくるんで撫でてきた。

「ニンニクを剝《む》いたようなかかとってこんななんでしょうね」

しみじみとそう言うと、彼はそこに口づけてきた。

「あ、あの」

恥ずかしさに頰が上気している。そして知る。激しい羞恥《しゅうち》は深い快楽を探り当てられたから起こるものなのだと。

かかとを舐められ、尻がシーツの上でもだつく。

「そこ、舐めないでください」

「きれいにしたんでしょう」

「そうだけど。でも」

「じゃあ、かまわないですよね」

嬉しそうにこちらを見つめながら、五十嵐が言ってくる。

彼の舌は土踏まずを遊ぶように這《は》っている。

「ふ……」

自分でもわかっていなかったのだが、そこはひどく柔らかい場所だった。大地にふれることがなく、もの知らずなせいだろう。慎ましく、窪んだ場所。舌の感触が目を閉じてもなまなましくてぐっとシーツを掴んで耐える。

五十嵐の指が足の付け根を揉んだ。性感とは別のところでいたわられた気がして、ふっと力みが抜ける。そこを見計らったように、彼は足の人差し指と中指を広げると、その中に舌を入れてきた。丹念に、うごめかされる。身もだえる深井の口をつくのは、高い声の懇願だ。

「そこ、やめて。やめてください」

「なんでですか？」

「なんだか、変な声が出そうなんです」

五十嵐が、穏やかな声で聞いてくる。

「こうなるの、初めてですか？」

必死に何度も、深井はうんうんとうなずく。五十嵐の目が細められた。口元が綻《ほころ》んでいる。

「それは素晴らしいですね。あなたのあえぎ声を聞けるのが、俺が、初めてなんて」

あえぎ。自分は、あえぎそうになっているのか。五十嵐に、足を、こんなところを、舐められて。

深井の反応に、いっそう彼の舌は踊る。全部の足指の間を舐めあげてくる。彼の目が自分を見ている。見つめながら、求めている。乱れることを。五十嵐に己を明け渡すことを。

そうしながら彼は自分の足を伸ばしてきた。深井のふくらはぎから腿《もも》にかけての内側を、彼の足先が丹念になぞっていく。

そうして「ああ」と深井の唇から声が漏れたときには、彼の足指は深井のペニスの根元に到達していた。なんて器用なつま先なのだろう。彼の足指の腹が、自分の雄のあかし、血を集め、濡《ぬ》れそぼっている幹の根元につき、さらに上がってくる。

深井は上半身を捩《ねじ》って、大きな枕を必死に握りしめ、爆発しそうな快楽に耐えていた。五十嵐が、深井の足の薬指を、きゅうっと口中に吸い上げた。それと同時に彼の足先の親指の腹が、深井のペニスの先端の段差、カリ首部分をつるりとこする。

「うあ……っ」

たまらなかった。

足先からペニスまで、快楽が一直線に、まるで電気ショックを受けたみたいに走った。深井のペニスは大きく脈打ち、自分の腹とシーツにぱたぱたと白濁を飛び散らせた。

「ああ、ああっ！」

一度も出したことがない、声が出てしまう。こんな必死な、動物めいた声。

極まりがひどく高くて、達したあとも目の前がよく見えない。泣いているみたいに肩がしゃくり上げてしまう。

おなかとシーツを、五十嵐がティッシュでぬぐってくれた。

「大丈夫ですか？」

自分がやったくせに心配そうに覗き込んでくる。

「平気です。あんまり、すごくて。俺、こんなんなったの、初めてです」

「あなたは、男殺しですね」

「え？」

「『こんなの初めて』と言われて、有頂天にならない男はいません。まったく。自覚がないなら、よけいにたちが悪いです」

五十嵐が感に堪えないというように、深井の身体を抱き込み、腹に唇をつけた。

「くすぐったいです」

「うん？」

彼は、臍の中に舌を入れてきた。

「ふ、うん」

柔らかな舌の使い方だった。達したあとのペニスをやわやわと撫でられる。それは次第に熱のこもったものになり、深井は息に悦楽を滲ませながら、自分の性器が芯《しん》を取り戻していくのを感じていた。

「かわいいですね。深井さんのこれ」

かわいい。ペニスが？

少しだけショックを受ける。それは、自分は猫っ毛だから下生えも細くて淡いし、ペニスだってそこまで立派じゃないかもしれない。

「五十嵐さんのは？」

なんて大胆な。

「うん？」

「五十嵐さんのがどんなか、見たいです」

「ああ……」

彼は笑う。自信があるんだなと思ってうらやましいと同時に期待していた。彼はまず、バスローブを脱いだ。

男だったら憧れずにはいられない、素晴らしく剛健で屈強な身体だった。さらにボクサーパンツを抜き去ると、天を向いた堂々としたペニスが現れる。

五十嵐の身体にはいくつもの傷があった。擦過傷の痕《あと》がほとんどだ。

「この傷、喧嘩でついたんですか？」

彼は、まさか、と深井の言葉を打ち消した。

「違いますよ。俺、ラグビーの選手だったんです。ぶつかり合いますからね。試合に熱中すると、審判の目を盗んで蹴り飛ばしてくるやつもいますから」

でも、現役を引退したのは交通事故にあったからなんです、と彼は続けた。

「背中をやりまして、普通にしているぶんにはなんともないんですが、激しいスポーツは禁じられてしまいました。実業団から誘いも来てたんですけど」

「その傷を、見てもいいですか？」

「おもしろいものじゃないですよ」

そう言いながら背を向けると、そこには右の肩甲骨から左の腰上にかけて大きな傷が走っていた。

「痛かったですよね」

「そのときはね。でも、今痛むのは雨の日ぐらいです」

そうっと撫でてみる。傷のところだけ皮膚が薄い。彼は身を震わせた。

「もういいですか。少しくすぐったいんですけど」

五十嵐は自分を好きなように高めていくのに、自分が彼に与えるのはこれなのかと思うと、なんだか悔しくなった。

「こっち向いてください」

五十嵐にこちらを向かせると、下腹部に手を伸ばした。

「え」

うろたえる声が心地よい。彼のペニスを握りこむ。指がようやく回る太さで、手を二つ重ねるほどの長さがあった。

手探りで彼のペニスをはかっていると、五十嵐が息を漏らし、手の中のペニスが硬度を増した。表面に血管が浮いたのが、手のひらに伝わってくる。

「すごい……」

「深井さんの手が、柔らかくて、気持ちいいから」

深井が五十嵐のサイズに驚いているのを悟ったのだろう、このまま手でしてくれるのでもいいですよ、と彼は言った。

「でも、それじゃ、セックスにならないですよね？　ちゃんと、挿れないと」

手の中の五十嵐の分身が、いっそ現金なほどにぴきぴきと張り詰めて、いったいどうしたのかと身体を離して見つめれば、先端からたらりと雫《しずく》がこぼれていた。

「え、え」

「あの。あなたが。セックス、とか、言うから」

五十嵐の息が弾んでいる。

「深井さん、あなた、そういうイメージないから。来ちゃいました」

「そんな。俺にだって性欲ぐらいあります」

さっき派手に精を飛ばしたのを、五十嵐は見たではないか。

「ああ、もう、あなたは」

彼が身体を離したので、手からペニスが抜けていった。なんだかそれが残念だ、と思ったと同時に、深井はベッドに横たえられ、腰の下にさっきまでしがみついていた大きめの枕をあてがわれた。五十嵐の手が深井の膝裏を掬《すく》い上げる。

「え、あの」

そんなふうにしたら何もかも見えてしまう。ペニスも、腿の内側も、お尻も、奥まった部分でさえ。

かがみ込んできた五十嵐に、ちろりとペニスの先端を舐められた。

「あ」

その瞬間に、次に彼が何をしようとしているのかわかってしまった。期待に身体がどっと熱くなってくる。ちろちろと舌先が、先端を舐める。

「……もう、」

「もう、なに？」

「焦《じ》らすの、やめてください」

もっとたくさん咥えて、強く吸って欲しかった。

ベッドをともにする前には、こんな欲望にさいなまれるなんて想像もしていなかった。彼があまりにもうやうやしく、細心の注意を払ってこの身体を扱ったせいなのか。自分は、他愛なく五十嵐に懐いて、彼のすることを甘受し、楽しみ、あまつさえ、催促までしている。

彼の口の中に、自分のペニスが吸い込まれていくのを見る。根元まで咥えられて、五十嵐の口中の柔らかい肉で先端をこすられながら出し入れされる。自分一人では決して得られない強い快感に、オクターブ高い声があがった。

「ふ、う……、ああ！」

声を出すのに抵抗がなくなっている。この声、あえぐ声が、さっきより、ずっと、よく出るようになっている。回路が通じてしまったみたいだ。自転車に乗ることを習得したみたいに、身体が五十嵐とみだりがましいことをするのを覚えたみたいだ。

いく寸前で止められ、ふるっと身体を震わせて抗議する。しっとりと髪が湿って、額に貼りついていた。

「出してしまうと、あなたがつらい」

さらりと言われた言葉がどういう意味なのかわかったのは、彼が持ち込んだコンビニの袋からローションを取り出して指に垂らし、後孔にあてがってきたからだ。なだめるみたいに何度か指を曲げ、ノックするように軽くさすられる。

「わ、あの」

ねろりと彼の力強い舌にペニスを根元から舐め上げられる。そんなことをされたら。そんな舌の使い方をされたら。

彼の指が、進入してくるのを止めることなんてできない。肩で息をするのが精一杯になってしまう。

ぐっと指が入ってくる。その違和感を、五十嵐の性器への舌裏での愛撫《あいぶ》が愉悦に変える。

「ああ、あ」

彼の与える刺激に自分の身体はどんどん勝手になじんでしまって、体内に咥え込んだ彼の指が今度はなにをしてくれるのか、期待してしまっている。彼がひどいことをするはずがない。いいものしかくれない。だから安心していいのだと、身体のほうが異物に怯える深井をなだめてくる。

「指をこう動かしたほうがいいですか？」

そう言いながら、深井が内側から丹念に押さえてくる。そんなところ、さわられたことがない。

「わかんない。わかりません」

「少し、強くしますよ」

きゅっと指が自分の中にめり込んで、壁越しに体内を圧迫する。

ちかっと目の前に星が散った。

「や、そこ……！」

恥ずかしいほどに嬌声《きょうせい》をあげた。彼は指を動かし、さらに増やし、その一点を攻め続けた。あえいでいる。あえぎ続けている。それなのに、それでさえも追いつかない感覚に、泣くにも似た情動に駆られる。

「そこ、押さないで。や。いや」

そう言いながら指を喜んで飲み込んでいる。ぎゅうぎゅう締め付けて、ペニスに血が集まって、たらたらと雫が流れ続けていた。

「どうしよう」

そう言ったのは五十嵐だった。

「挿れて。挿れてください。もう。お願いです」

これを続けられるくらいだったら、そのほうがずっとましに思えた。それに、なによりも、そうしないと、目的を達成できない。そんな気がした。

五十嵐がコンビニの袋からゴムの包みを取り出す。あの袋はなんでも出てくる魔法の袋みたいだ。深井はこんなときなのに、笑いそうになった。

五十嵐がゴムを素早く装着し、そこにも潤滑のための液を垂らした。さらに深井に足をできるだけ曲げさせる。枕の上で腰が丸まり、なんだか体操でもしているみたいだ。

「どうしたらいいですか。どういうふうにしたら、五十嵐さんのこと、受け入れられますか？」

「じゃあ、力を入れてもらえますか？」

五十嵐が意外なことを言った。

「力を入れるんですか？　抜くんじゃなくて？」

「うん。まずは、ぐっと力を入れる」

五十嵐のペニスの切っ先があてがわれた。

「そう。それから今度は、力を抜いてください。息を吐いて」

彼に言われるままに脱力する。そのタイミングで五十嵐が押し入ってきた。亀頭が狭い輪をくぐり抜けるときに、ずん、と腰に衝撃が走る。

「あ……！」

「平気ですか？」

五十嵐の声が降ってくる。こんなところで止めることは難しいだろうに、彼は挿れてすぐで止め、こちらを窺《うかが》っている。自分のためにそうしてくれている。

「へ、平気です。ぜんぜん平気です」

それは嘘《うそ》だった。虚勢を張った。彼にはわかっていたのだろう。少し笑うと、ゆったりと押し入ってくる。

「おっきい」

口から出たのはそんな言葉だった。未《いま》だかつて知らない圧迫感をもって、五十嵐は進んでくる。それからさらに、唇から言葉がこぼれる。

「あっつい」

狭い場所は押し広げられ、彼でいっぱいになりながら、なお迎え入れようとしている。

「五十嵐さん」

高熱があるときのように、うわごとのように訴える。

「なんですか？」

「これも、気持ちよくなれますか?」

「がんばります。少なくとも、あなたを傷つけることだけは決してしませんから」

それが彼の答えだった。

そうだ。この人は、深井の身体を傷つけるぐらいなら引くだろう。この性感の高まりの中でさえ、欲望を抑えるだろう。だからこそ、自分は彼に両手を差し出す。

「入ってきてください。もっと」

「深井さん?」

「あなたで、五十嵐さんでいっぱいになりたいんです。五十嵐さんが俺の中に全部おさめて、あえぐ顔を見てみたいんです」

そう言ったら、自分を覗き込んでいた五十嵐のすべての動きが一瞬止まって、次には体内がいっそう膨れあがった。くっ、と彼が腕に力を込めている。

「い、五十嵐さん?」

「あのですね」

彼が説明する。

「あんまり硬く勃起してしまうと異物感が強いから、これでも必死にセーブしてたんですよ」

それなのにあなたが、そんなことを言うから、と五十嵐は抗議する。

おかしなことを言ったのかなと首をすくめたが、彼は「ああ、違うんですよ」と深井の額の髪をかき上げた。

「あなたのことを、手放したくないくらいに愛しくなってしまいそうだってことです」

唇を合わせた。離した。

それから、深井は五十嵐の首を抱き、足を絡ませる。左足を腿に、右足を腰にまとわせる。

「いいですよ」

五十嵐が身体の中に押し入ってきた。ほんの十数センチの侵攻が、こんなにもつらくて、嬉しくて、二人ともが必死になっている。

五十嵐が、動きを止めて息を整えた。下を見てみると、それでもまだ半分ほどだった。腰をもうちょっと持ち上げられる。それから、さらに、ほとんど真上から体重をかけるようにして、徐々に埋《う》めてきた。呼吸を合わせる。進んでは、引いて、さらに深く入ってくる。五十嵐はローションを手に取ると、繋がっている部分に足した。彼の身体が動くたびに、ぬぷぬぷとぬめった、セックス以外では耳にしない音を立てた。

とうとう、足の付け根に五十嵐の腿がぴったりと合わさった。あのすごい、大きなものを、五十嵐の全部を自分の中におさめきったのだ。二人して顔を見合わせて、笑ってしまった。その振動が身体を伝わってきて、それはなんともいえずに深井に幸福感をもたらした。

「ああ、どうしよう」

身を伏せた彼の言葉は、耳元でした。

「どこまであなたは、俺を狂わせるんだろう」

深井は、そっと腰を揺する。ねだるように。

「五十嵐さん。これから、なんですよね」

「そうです」

「教えてくださいね。俺に」

ぐっと彼の手が自分の手を摑んだ。深く深く身体を合わせる。そしてシーツと枕の上で、腰を合わせて律動を刻む。こんなふうに響くことを知った。奥深くに彼がいて、存在を伝えてくる。この熱は五十嵐のものだ。こんなに深いところで、彼のことをもてなしている。十万円で買われたのだ、と、心の隅ではわかっている。そういう関係にすぎないのだと。けれど、だめだ。とてもそうは思えない。こんな抱かれ方をしてしまうと、愛されているとしか受け取れない。

鈍く彼の存在を伝えていた自分の中が、五十嵐の動きに慣れてきた。それと同時に広がってくるのは愉楽に満ちたさざ波だ。

「あ、あの」

「え、え?」

深井が痛がっていると思ったのだろう。五十嵐が驚いたように動きを止める。

「いやです。止めちゃ。あの、今、なんか、来たんです」

「ここ？　こんなふうに？」

言いながら、五十嵐がなぞってくる。腰を回すように動かされて、中でぐりっと彼の亀頭がうごめいた。

「それとも、こう」

言うと同時に、軽く前後に動かれて、ひくっと腹が震えた。その震えは小さいけれど身体全部に散っていって、頭から、指先から、足先から、霧散した。

「あ、やあ……！」

まだ低い、しかし、確かに絶頂だった。昇って、落ちた。

自分のペニスはまだ勃起していて、先端からはよがっているしるしの雫がしたたり続けている。

「いきました？」

「いく？」

ああ、今のがいくということなのか。

「すごいですね。最初から感じられるなんて」

「はしたないですね。俺って」

目を覆いながら訴える。

五十嵐が深井の手を取りのける。間近に顔がある。

「もっとはしたないところが見たいです。どうして欲しいですか。言ってください」

「でも」

かあっと耳が熱くなるのを感じる。きっと真っ赤になっていることだろう。

「あなたがどんなことを言っても、俺は笑いませんよ」

「あの、あの」

彼の顔を見ていることに耐えられなくなって、顔を背けて懇願を口にする。

「今みたいに、してください。もう一回」

「好きなんですね。ここ」

深くまで突かれて、泣くにも似た声をあげてしまう。

「好きです。それで、強く、激しく、してください」

「いいんですか？」

「いいから。五十嵐さん、焦らさないでください。早く……っ！」

深井の切ない願いは、五十嵐の最後の理性をそぎ取ったようだった。彼は腰を大きく使い始める。揺さぶられて、腰が枕の上からずれそうになる。足を限界まで屈せられた状態で腰を抱かれて、荒々しく出入りされる。

「これ、いいです。すごい、あ、ああ。五十嵐さん。五十嵐さん……！」

無我夢中でキスをした。それから頰が擦れ合った。

ずしんと波が来た。五十嵐が体内ではじけたのだ。五十嵐そのもののような、力強く、大きな波だ。溺《おぼ》れそうになって、必死に口をあけて、めいっぱい空気を取り込む。それでも足りずに、五十嵐にすがる。彼がこの波をもたらしているというのに、彼だけが自分を掬い上げてくれる気がした。

「や、あ、だめ、いい。出ちゃう。出ちゃう」

腰に全部の快楽が押し寄せてくる。そこから一気に、自分を壊しそうにすさまじい勢いで決壊した。

「あ、ああ……」

ペニスが脈打ち、底の底、もうこれ以上はない奥から白濁をさらい、打ち出した。

この流れが恐ろしく、そのくせ終わってしまうことが惜しくもある。身体全部に絶頂の余韻があった。

しばらくまだ繋がったまま、二人は抱き合っていた。やがてそっと五十嵐が身を起こし、深井から、萎《な》えたペニスを引き抜いていく。身体が二つになるとひどく寂しく感じた。

口を縛ったゴムをダストボックスに投げ入れたあと、五十嵐が深井の身体を抱きかかえた。体格に差があるので、深井は五十嵐にすっぽりと包まれたようになってしまう。

「五十嵐さんの檻《おり》の中にいるみたいですね」

「いやですか?」

「すごく気持ちいいです。ずっとこうしていたいくらい」

そう言うと、抱きしめられた。

汗ばんだ身体で抱き合うと、互いの匂いが混じり合う。このまま溶けてしまってほんとに混じることができたらいい。

「くすぐったい」

彼が言ったのは、深井が無意識に五十嵐の背中の傷を探っていたからだった。

なんだか心にまで届きそうな気がして、何度も指先で辿《たど》る。

それから上向いて、キスをねだる。ねだり方を、自分はいつ習得したのだろう。五十嵐はそれに応えてくれた。

「五十嵐さん。もう一回、したいです」

頰をすり寄せる。口づける。今度は抱き合った形のままで、奥まで入ってきたものに揺すぶられた。

真剣な戯《ざ》れ言。

のけぞる。

そして頂点に達したときには彼の肩口にかじりそうにしがみついた。

「五十嵐さん、五十嵐さん……！」

深井は身体をシーツに預け、完全に脱力していた。

「痛いところ、ないですか」

シャワーを浴び終わった五十嵐に、頭を撫でながら声をかけられる。

「ないです」

もっと撫でて欲しくて、ベッドの端に腰を掛けたバスローブ姿の彼に身をすり寄せる。

彼の腿に頭をのせてその手のひらを感じていると、飼い猫になった気がする。いっそそうなりたい。

「深井さんの下着、さっきお金を下ろしたときにコンビニで買っておきましたから。Mで大丈夫ですよね」

「はい」

「風呂場まで、行けそうですか?」

立ち上がろうとするが、がくがくして力が入らない。

「だめみたいです」

「待っていてくださいね。まだ寝ちゃだめですよ」

「五十嵐さんと一緒に寝たいです」

「明日はお休みですから、深井さんが好きなだけ一緒にいますよ」

五十嵐は湯を含ませたタオルを持ってくると、深井の身体をぬぐってくれた。

「腕、上げてください」

「はい」

言われるがままに動き、彼を助ける。熱心に自分をきれいにしてくれている彼は、どこか楽しげだった。

「五十嵐さんっていい男ですよね」

何の気なしの言葉に五十嵐は戸惑ったようで、うろたえている。

「そんなこと言われても、もうなにも出ませんよ」

「そういうんじゃないです」

口を尖《とが》らせたくなる。これは性的なリップサービスではない。心から言っている。

「深井さん。とにかくちゃんとバスローブを着ないといけませんよ。風邪を引きます」

「はい」

両手を広げた。五十嵐にバスローブを着せられて紐も結んでもらう。深井は、ベッドのあいたスペースをぽんぽんと手でたたく。

「五十嵐さんも」

「はい」

五十嵐は、笑いをこらえているようだった。

隣にすべり込んできた、がっしりした身体に抱きつき、甘える。

キス。

またキス。


こんな穏やかな気持ちで、寝床についたのは久しぶりだ。ずいぶんと昔、まだ自分が子供の頃にまで遡《さかのぼ》るかもしれない。五十嵐が隣にいる。自分たちの匂いはひとつになっていて、それはこの部屋を縄張りのように仕立てていた。空調の作動音がどこからか聞こえている。それに混じってしている、五十嵐の寝息。深井の身体は疲れ果てていて、指一本動かせないけれど、充足感に満ちていた。

「ふ……」

眠りに落ちていく。今までなかったくらいに深い、深い、眠りに。

＊　＊　＊

深井の眠りを妨げたのは、けたたましい、コール音だった。

「へ、ほえ?」

あまりによく寝ていたので、うまく目を覚ますことができない。寝ぼけて、部屋を何度も見直す。それから昨日あったことを思い出した。されたこと、したこと。

自分の大胆さに顔が熱くなった。

目の届くところに五十嵐の姿はない。バスルームにもいない。

「トイレかな」

コールはまだ鳴っている。

この部屋に入るときには全部五十嵐がやってくれたので、システム自体がよくわかっていない。

「五十嵐さん？」

呼んでみるのだが、返事はない。

まだコール音は続いている。入り口横の受話器からだ。

しかたなく、自分で行って受話器を取る。受付からだった。

『あと三十分でお時間です』

帰りを促す電話だった。

「あ、はい」

『ご精算はお済みなので、そのまま退出されてください。オートロックがかかりますので、お忘れ物などないようにしてください』

ご精算がお済み、の意味を理解するのに少々時間がかかった。

それは、自分がここに置いてきぼりにされたということだろうか。

今日は休日だ。五十嵐だって休みだと言っていた。

「えっと。あの、連れは、何時ごろ、部屋を出たんでしょうか」

『朝の五時になりますね』

時間をちゃんとチェックしているのだろう。即答だった。

「ありがとうございます」

受話器を置いてから携帯で確認すると、朝の十時半だった。トイレを確認するが、五十嵐がいるはずもない。

これは。どういうことだろう。

深井は目をしばたたかせて部屋を見直す。

夕べ、ベッドで寝たときには、朝起きたら五十嵐が傍らにいるとばかり思っていた。そうして、二人して町に出て朝ごはんを食べるものだとばかり。

深井はのろのろと服を着る。この下着は五十嵐が買ってくれたものだよなと思いながら。なんだろう。自分はがっかりしている。あんなに近くにいたのに。優しくしてくれたのに。かわいがってくれたのに。愛しいとか好きだとか言ったくせに。いない。

うまく気持ちが整理できない。

忘れ物がないかどうか確認したときに、サイドテーブルの上の封筒に気がついた。

「……ああ……」

深井はうめく。現実がそこにあった。

結局、自分は金で買われただけなのだ。「愛している」という甘いささやきは、セックスの付け合わせみたいなもの、リップサービスだったのだ。それを自分は信じていた。信じ切って、ここから新しく関係が始まるものと思い込んでいたのだ。

知らず手が震えていた。そのためにもうちょっとで深井はその封筒を落としそうになった。ジャージのポケットにねじ入れようとしたが、それだとくしゃくしゃになってしまう。不用心ではあったが、封筒はそのまま、手で持っていくことにした。

もう一度、コール音が鳴った。

「はい、もう出ます！」

相手に聞こえるはずもないのにそう言いおいて、深井はホテル「シェイプス」の部屋をあとにした。


五十嵐は、出すものを出してすっきりしたあと、後悔したのだろうか。自分の寝顔を見て、目が覚めたのだろうか。

こいつと寝てしまったのかとげんなりして、甘い声を出した自身に苦笑いしつつ身支度をととのえ、始発で帰って行ったのか。

自分を、置き去りにして。

帰宅した深井は、らしからぬ乱暴さで、アパートのドアをあけた。

「ああ、もう！」

「あ」

そしてまず思ったのは、この部屋はどうしてこうも汚いんだろうということだった。食べ終わった容器とか脱いだものとか、そういったものが部屋の中を埋め尽くしている。

昨日までは平然とそれらに囲まれて暮らしていたのに、急に我慢できなくなっていた。

ゴミの袋がなかったので、いつものコンビニに買い出しに行った。ついでに弁当の棚を見たのだが、食べたいものが見つからない。いつもの、同じ味ではなくて、自分で作りたいと久しぶりに思った。帰りに駅前の商店街を歩きがてら、野菜と肉と切干し大根と豆腐を買った。八百屋のおばちゃんに、久しぶりねえどうしてたの、と話しかけられて、自分のことを覚えていてくれたことに驚いた。切干し大根の酢の物と野菜をたくさん入れた豚汁を作って、ご飯を炊いた。元々深井は母子家庭育ちなので、料理は得意なほうなのだ。

一口食べてうなる。

「うー、うまいー！」

身体じゅうに栄養が行き渡っていくようだった。

大切にしたかった。自分の身体を。五十嵐が大切に扱った自分を、自分自身が粗末にしていいわけはなかった。

シンクにあった皿を洗う。洗濯物をより分ける。

さらに部屋の中を徹底的に片付け始めた。

ゴミ袋はたちまちいっぱいになり、室内に積み上がった。布団を干してシーツを洗濯した。シャツにアイロンをかけた。風呂を沸かして、入って、皺ひとつないシャツを着ると、生まれ変わった気がした。

誰か知り合いに連絡を取ろうとしたけれど、携帯が繋がらない。引き落とし用の口座に携帯料金を移し忘れていたのだ。ショップまで出向いて、携帯の料金を払う。携帯のメモリーを見て、何人かに連絡を取ってみた。

今の窮地を話すと、連絡したうちの何人かが動いてくれた。そして、その中で八丁堀《はっちょうぼり》ペイントという中堅の塗料会社に勤めている男が、自分の会社では中途採用に力を入れているので面接を受けてはどうかと、話を持ちかけてくれた。

髪を切り、髭を剃り、スーツに着替える。履歴書を持って、会社に行き、面接を受ける。

未来は、ある。

社会に繋がることを拒否していたのは自分だ。どこかに自分のための場所はある。そこに向かっていこう。帰りに、本屋に立ち寄ってみる。好きな作家が新刊を出していたので、それを買って帰ってきた。

試用期間が過ぎ、深井は正式に八丁堀ペイントに採用になった。会社借り上げのマンションがあって、そこにちょうどあきが出たので、引っ越すことにした。

もういいだろう。自分はあの、泥のようなあきらめの境地から抜け出した。もう一度、生き生きとした生活を取り返したのだ。それだけは伝えようと五十嵐の仕事用の携帯にかけた深井が聞いたのは、無慈悲なアナウンスだった。

『この電話番号は、現在使われておりません』

「え、え。どうして?」

呆然《ぼうぜん》としながら、彼の会社に連絡をとってみたが、五十嵐は部署を変わったと教えられた。異動の日付はあの一夜の直前で、深井は困惑する。異動先の電話番号を聞いてみたが、社内規定でできないと断られた。

「そうですか」

一言残して切ったあと、あのホテルで、一人残されたときと同じ孤独と失望感を味わう。関係を断たれたのだ。完全に。

五十嵐と一夜を過ごす直前の自分はうちひしがれていた。振り返れば危機を感じるほどの、生命力の流失だった。あの五十嵐にそれがわからないはずはない。だからこそ、手をさしのべてきたのではないのか。それなのに、今は、自分の生き死にさえ、どうしているかさえ、彼にはどうでもいいことなんだろうか。

「もう、俺の顔を見るのもいやってことかな」

口に出してしまうと、胸がひどく痛みだした。そこになにかがある。あの晩、五十嵐と過ごす前にはなかったなにかが。

それは、かけらのようなもの。

胸を押さえてうずくまり、あの晩のことを思い返す。愛しいと言った。かわいいってささやかれた。この身体を愛撫し尽くして、押し入ってきた。キスをした。あなたの背中の傷や、指や、そう、性器の形だって自分は知っている。

それなのに、終わってしまった。いや、始まってさえいなかったのだ、自分たちは。


古道具屋で、有田焼の招き猫を手に入れた。ふつうの招き猫よりスマートなその猫は、明るい銀ねず色に黒と赤の斑の入った三毛猫で、片手を上げて小首をかしげ、はんなりと笑っている。

その招き猫の前に、ラブホテルから持って帰ってきた、金《かね》の入った封筒を置いた。封筒にはセロハンテープで厳重に封をしてある。

招き猫？

自分は五十嵐を招きたいのだろうか。もう一度会いたいと願っているのだろうか。会ってどうする。どうなるというんだ。

わからない。


そして二年後の今。

行きつけの飲み屋のカウンターできっぱり、花崎《はなさき》が言う。

「諒太。それは、だまされたんだね」

「……そうかもな」

自分でも理解して咀嚼《そしゃく》していることでも、他人に言われるとどうしてこうもへこむのだろう。花崎はそんな繊細な深井の気持ちなどお構いなしに続ける。

「そいつ、ひどいよね。あり得ないよね。会ったら指さしてよ。私がぶっ飛ばしてあげる」

女性である花崎が、あの体格のいい五十嵐を「ぶっ飛ばす」ところを想像して笑ってしまった。

「あいつはでかいぞ。元ラグビー選手だからな」

「じゃ、ヒールのかかとで足を思いっ切り踏んであげるから」

「そりゃ、恐いな」

「まかせといてよ」

飲み屋のカウンターで花崎は請け合った。

花崎は深井の転職先である八丁堀ペイント、首都圏第一営業課の同僚だ。ショートボブが似合っている彼女は五つ年上。面倒見がよくさばけている花崎は「姉御」と呼ばれていて、きびきびした仕事ぶりでは定評があり、深井のことを弟分と見なしている節がある。深井のほうでも、裏表のない花崎といるのは、とても気楽なことだった。

「まあ、もういいじゃん。昔のことでしょ。諒太は男が好きな人じゃないんでしょ。もう彼女つくって幸せになっちゃえ」

「うん、まあ」

花崎の言うことはもっともだ。それなのに、素直にうなずけない自分がいたりする。

「俺のことはどうでもいいよ。それより、花崎さんが先に幸せにならないとだろ」

そう言うと、彼女はえへへと照れ笑いを浮かべて赤くなり、グラスを自分の頰に当てた。

彼女は来年、自分の兄と結婚する。深井が縁を取り結ぶことになった形で、義理の姉になる。

「まーくんが米国に赴任なんてなっちゃったもんだから、諒太には迷惑かけるね」

まーくんというのは深井の兄のことだ。兄は遠い米国勤務。よって、式の打ち合わせや、ウェディングドレスの仮縫いには、深井が同行していた。

「いいよ。休日は、どうせ暇だし」

そう言うと、「いい若い者がかわいそうに」と花崎が同情する目つきになった。

「あのですね。恋愛していなかったらかわいそうというのは、どうかと思いますけど」

ジムに行ったり、料理したり、掃除したり、本を読んだり、映画を見たり。世の中は楽しいことに満ちている。恋人がいないからと言って哀れまれる理由はない。

「それに俺、今、仕事が楽しいいんだよ。花崎さんはじめみんないい人で、毎日充実してる」

「そっか。今月も営業成績一番だったもんね」

「うん」

「なら、いいかな」

「いいです」

二人して目を見交わして、うなずきあう。

五十嵐のことを忘れたわけではない。現にこうして話題にのぼることだってある。ただ、彼のもたらした愉悦や匂い、彼の顔をよく思い出せなくなっていた。

あんなに近くに感じたのに。

ひとつに溶けてしまえたらとさえ願ったというのに。

あのとき、この胸にあると感じたかけらは、ここに、この胸の中に今もあるのだろうか。

すでに存在を感じなくなって久しい。

いつか、この感情さえも風化して、五十嵐の名前を聞いてもなんとも思わなくなって、花崎に新しい彼女を作れと言われたら、じゃあ紹介してくれよと身を乗り出すときがやってくるのだろうか。

あんな鮮烈な思い出さえも、完全に過去になってしまうときが来るのだろうか。それが待ち遠しく、同時に残念でならなかった。

花崎と飲みに行ったその週末に、深井は休日出勤していた。

ジーンズにチェックのシャツ、八丁堀ペイントの縫い取りつきのダンガリーのエプロン。そのどれにも、長く使っているうちに塗料がしみこみ、ランダムな水玉模様になっている。

深井は郊外のホームセンターでデモンストレーションをしていた。自社のペイントペンシルという商品を使って、小学生の子供たちにはフォトフレーム、中学生にはTシャツにペイントしてもらう。速乾性で重ね塗りが可能なので、マジックのように扱える。逆に、洗っても落ちないので、募集要項には「汚れてもいい服で」と指定してある。

「みんなー。上手にできたかなー？」

深井が呼びかけると、子供たちが返してくる。

「できたー！」

ひとつひとつを見て、「きれいな模様だね」とか「色の取り合わせがいいね」などと、感想を述べていく。深井のデモは好評で、リピーターも多い。

「お兄ちゃん、お兄ちゃん」

この双子の兄弟も、もう何度目になるかわからない。フォトフレームにちょうど入る大きさの紙を持って、目を輝かせて寄ってきた。手には一人は赤、一人は黄色に塗られたフォトフレームがある。

「はい、なんですか？」

「この写真立ての中に入れるから、デンデンジャー、描いて」

「デンデンジャー」

タブレットで確認すると新しく始まった特撮番組らしい。

「ぼくは青デンデンジャーで、弟は赤デンデンジャーがいい」

しまった。

チェックしていたつもりだったが、これは今朝からなので、まだ見れていない。

「えーと」

去年ずっと通っていた絵画教室の先生には言われている。だいたいのイメージを摑んだら、それを頭の中で分析する。そして再構成しろと。

深井はタブレットに表示された複雑なマスクの模様をじっと見て、その形をおおざっぱに理解した。

「よし！」

自分の鞄《かばん》から八丁堀ペイントの色鉛筆を取り出すと、渡された紙に描いていく。見る間に形になっていくそれを、子供たちは興味津々で見ている。できあがると、「ありがとう、お兄ちゃん！」と、双子それぞれがだいじそうに持って帰っていった。

次には女の子がやってきた。彼女のリクエストは魔女っ子もの。これはチェック済みだ。先週からの新しい衣装で描いた。

だが、なんといっても誰に描いても喜んでくれるのは「忍者三毛丸」だ。三毛丸は、猫の忍者だ。ドジで忍び足がまだできない。仲間のぶち丸やめがね丸、白雪らと一緒に任務についている。赤ちゃんからかなりの年齢まで、三毛丸はいまや国民的アニメヒーローなのだ。かく言う深井自身も、自分の買った招き猫に模様がそっくりなので、三毛丸が気に入っていた。

深井の周りはきゃあきゃあと賑《にぎ》やかだ。一人、また一人とお母さんが迎えに来て、帰って行く。そのうちの何人かは塗料の八色セットをお買い上げしてくれた。

「お兄ちゃん、ありがとう。また描いてね」

ばいばいと手を振る女児の母親が苦笑している。

「この子、深井さんが描いてくれた絵をフレームに入れて部屋じゅうに飾ってるんですよ。宝物だって言って」

深井はにこにこ顔になる。

「嬉しいです」

きっと彼女は、ある日、これがガラクタであることに気づくのだろう。だが、それまでは、この絵はだいじなもので、彼女を力強く温めてくれるに違いないのだ。そのときまで一緒にいられる自分の描いた絵は、なんて幸せ者なのだろう。

そんなことを考えながら見送りの余韻に浸っていると、ホームセンターのスタッフが呼びに来た。

「深井さん、済んだらこっち、お願いします」

「あ、はい！」

「もう、列ができてますから」

このホームセンターではデモ販と同じ日に、アドバイスコーナーを設けている。

「今度外壁を塗り直したいんだけど、自分でできないかしら」とか、「木のドアをアンティークっぽく見せたいんだけど」とか、「アジアンテイストに壁に漆喰を塗りたい」とか、客からの要望に応え、一番適した製品を選んで塗り方のアドバイスをする。必要であれば、工事の手配をする。

写真を持ってきてもらっているときには、タブレットに取り込んで、合成し、完成イメージを見せることもできた。

ひとしきり応対し、夕刻。客はホームセンターから去り、隣接したスーパー経由で帰途につき始めた。

「もう来ないかな」

周囲を見回しながら言うと、ホームセンターのスタッフも同意してくれた。

「そうですね。もう終わりでしょう。今日はお疲れ様でした」

「それじゃ、これで失礼します。またなにかあったら声をかけてください」

スタッフは笑顔で返してくれた。

「とりあえず、来月のデモ販をお願いします」

「了解です。また、来月」

そう挨拶《あいさつ》して頭を下げると、深井は「スタッフオンリー」と書かれたドアをあけた。中には従業員が休憩するときに使う灰色の机と椅子《いす》、その周りを取り囲むようにロッカーがある。

深井はタブレットを机に置き、エプロンを外した。それを見計らったかのように、尻ポケットの携帯の呼び出しが鳴った。

表示されていたのは、意外な人だった。「西脇《にしわき》」とある。

「あれ?」

西脇は深井が八丁堀ペイントに入社した当時の上司だ。今はほかの部署に配置換えになったが、たいへんお世話になった。年の頃は四十半ば。頭頂部がだいぶん後退しているが、人なつこい笑みを浮かべて、そのくせたいへん人使いの荒い、でも、憎めない男だった。

「はい、深井です」

『よう。元気そうだな。今、仕事中か？』

年賀状と暑中見舞いの付き合いは今でもあるが、声を聞いたのは一年以上まえのことだ。

「いえ、大丈夫ですよ。もうデモ販が終わったところです」

『そうか。後任の前川《まえかわ》から聞いてるぞ。がんばってるみたいじゃないか。課内で成績トップだって？』

「そうですけど、それは俺だけの力じゃ全然なくて、みなさんが協力してくださったからです」

『ほんっと、おまえは無欲な男だなあ』

「そんなこと、ないですよ」

軽い調子で西脇は言ってきた。

『じつは、俺、入院しちゃってさ』

「え」

深井の動きは止まった。

「入院……」

入院というと、まだ自分が小学生の頃、父親が病気で入院していたときのことを思い出してしまう。そのまま、父親は帰ってこなかった。

西脇は、深井の覚えている限り、いつだって絶好調だった。そんな彼の入院に一気に不安が押し寄せる。西脇は優しく笑った。

『そんな声、出すなよ。なんだよ。俺がいじめてるみたいじゃないかよ。安心しろ、もう手術は終わったんだ。盲腸だと。正確には虫垂炎からの腹膜炎だそうだ。先週までは高熱が出てうなされてたが、今は普通食になってる。心配すんな。あと二週間入院すれば出られるそうだ』

西脇の声には張りがある。深井はほっと息を吐いた。

「よかった……。ほんとによかったです……」

『おまえはいいやつだな、深井。おまえと話してると心がほんのりあったかくなるよ』

しみじみと西脇に言われた。

「え、なに言ってるんですか。いやいや、そんな」

そんなことを言われると照れる。それになんだか恐い。西脇がこちらの機嫌をとってくるとき、それはこちらの手に余る仕事を持ち込むときだった。

『おう。仕事が終わったんだったらちょうどいいや。見舞いに来いよ。今なら奥さんがいるからな。久しぶりに顔を出せや。あ、今日は休日だから、守衛室のある裏口からじゃないと入れないぞ』

病院の名前と部屋番号を告げると、「はい」とも「いいえ」とも返事をしないうちに電話は切れた。相変わらず、強引な人だ。けれども、それがいやではない。西脇はそんな魅力のある男だった。

西脇の指定した病院に向かう途中、電車の中から見ているうちに秋の夕日は落ちた。病院に着いたときには、あと少しで面会時間が切れるという時間になっていた。守衛室前まで、西脇の奥さんが出迎えに来てくれていた。

彼女はイラストレーターで自宅で絵画教室を開いている。深井も半年の間、通っていた。相変わらず、化粧っ気がなく、きれいな長い髪もぞんざいに後ろでくくっている。

「ご無沙汰してます」

深井が頭を下げると、彼女はふっと頬を緩めた。

「ほんとねえ。たまにはうちの教室に遊びに来てくれればいいのに」

「でも、先生のお仕事のじゃまをしたら申し訳ないです」

「もう、生徒じゃないんだから、先生はいいって言ってるでしょ。深井さんは相変わらずねえ」

面会者の名札を胸につけて、彼女と一緒にエレベーターに乗った。

「西脇さん、どんな感じなんでしょうか。声は元気そうでしたけど」

「それがね」

奥さんは顔をしかめた。エレベーターを降りたところで、二人して小声で話しだす。病院内に特有の、薬品と体臭の混ざり合った匂いがしていた。

「けっこうおおごとだったのよ。でも、あの人が悪いのよ」

「え、そんなことは」

ないでしょう、と告げる前に、奥さんはきりりとまなじりをつり上げた。

「そんなこと、おおありよ。あの人ったら来月から中東に出張予定で、自分がプロジェクトリーダーだからって痛いのを市販薬でごまかしてたんだから。おかしいと思ったのよね。顔色は悪いし、食事をとらないし。とうとう会社で身動きがとれなくなって、救急車で緊急入院。即手術よ。初期に処置していたらなんてことのない虫垂炎だったのに、膿《うみ》がおなかの中で爆発したので、腹膜炎になっちゃったの。もう、ほんとに仕事と命とどっちがだいじなのって詰め寄ったわよ。健康を害したら、大好きな仕事だって続けていけないじゃない」

奥さんは、驚いたんだろうな。そして、気がつかなかった自分をふがいなく思ったんだろうな。

「え、なに？」

黙って聞いていた深井に、彼女が聞いてくる。

「いいえ、西脇さんがうらやましいと思って。こんなに真剣に心配してくれる奥さんがいるんですから」

「あらやだ。でも、ほんとに子供じゃないんだから。自分の身体のことは自分で面倒を見られるようになって欲しいわよね」

あの西脇も、奥さんの手にかかれば赤子同然の扱いだ。

「そういえば、聞いたわよ、お兄さんの結婚式の打ち合わせのこと。なんか、色々たいへんみたいね。式場に、深井さんが行かないといけないんでしょ？　今日は大丈夫だったの？」

そんなことまで知っているとは、今の上司の前川はどこまで自分のことを話したのだろう。

「今日は、元々俺が仕事予定なので、花崎さんには一人で行ってもらいました」

結婚式の打ち合わせに一人というのは、申し訳ないとは思ったのだが、なんといっても仕事は優先だ。

「ごめんなさいね。忙しいのに。今日の回診でようやく家族以外の面会が許されたところなのよ」

「そうだったんですね。こちらこそ、疲れさせてはいけないから、手短にしますね」

奥さんはほっとした顔をした。

「ごめんなさいね。悪いけど、そうしてもらえると助かるわ。それから、あんまり興奮させるような話はしないでね」

「西脇さんを興奮させるような話は、元々できないので」

奥さんは吹き出した。

「そうかも。……あら？」

奥さんが病室のドアの前で立ち止まって首をかしげている。

「なんだか話し声がするわね。お客様かしら」

彼女が部屋のドアをノックした。

「あなた。深井さんがいらしたわよ」

言ってから引き戸になっているドアをあける。彼の部屋は個室だった。ベッドの上には西脇が、そして傍らには……——五十嵐が立っていた。

背が高い。いかめしい顔つき。髪は上げている。濃紺の麻のジャケットにストライプのシャツ。ネクタイはしていない。

「五十嵐、さん？」

五十嵐の顔を、身体を、匂いを、たちまちのうちに深井は思い出していた。

「深井さん……」

明らかに気まずい空気が、二人の間に漂った。

「なんだ、知り合いなのか？」

西脇の腕にはまだ点滴が繋がっていたが、顔色はいいようだった。

「ちょうどよかった。こちら、オオバクロスの五十嵐さん。それからうちの深井くん」

どうしていいのか見当がつきかねて、軽く礼をする。向こうも会釈をすると、「じゃあ、これで失礼します」と言いおいて部屋を出て行った。明らかに自分を避けようとする行動だ。ドアが閉じきる前に、深井は身を翻して廊下に出ていた。

その態度はないのではないか。久しぶりに会ったというのに。もう少し、なにかあるだろう。もっと、違うなにかが。

五十嵐のあとを追う。

五十嵐のほうがはるかにコンパスが大きい。追いついたのは、エレベーターの前だった。

「五十嵐さん！」

彼が立ち止まってこちらを見た。無感動な目だった。まるで知らない人間を見るかのように、いっそ病院の備品かのように深井を見る。

なんで。

なんでなんだ。

あのとき、あなたは、この身体を抱きしめてくれた。愛しいと言った。あんなに優しくしてくれたじゃないか。あれは、やはり一時の気まぐれなのか。そうなのか。

言いたいこと、聞きたいことがいちどきに押し寄せてきて、収拾がつかない。

先に口を開いたのは、五十嵐のほうだった。

「安心してください」

そう彼は言った。

安心？　なんのことだ？

「俺は、あのときのことは忘れましたから」

彼の言っていることがうまく理解できなかった。

口をぱくぱくさせながら、必死に頭を働かせる。

やはりあれは一夜の戯れだったのだ。自分は言わば、やり捨てられたのだ。もう五十嵐にとってはとうに過去のことだったのだ。それなのに、こちらばかりが未練たっぷりみたいじゃないか。

悔しい。悔しくてたまらない。なにか言い返したくなる。

「それは、よかったです」

精一杯の憎まれ口だった。

「俺も、あの、最低な一晩のことはなかったことにしたいですから」

そう言ってしまってから、はっと五十嵐を見るが、彼は相変わらずなんの表情の変化も見せていなかった。もう深井の、どんな言葉も彼に届くことはないように思われた。

エレベーターがつき、五十嵐が乗り込む。ドアが閉まった。深井はその場所でうずくまる。

あのかけらがあると感じた場所がずきずきと疼《うず》いている。

泣きそう。涙が出てきそうだった。

かつて会社を理不尽に辞めさせられたときでさえ、こんなふうにはならなかったのに。

きっと、花崎さんに今日のことを話したら、一番鋭いピンヒールで、思う存分彼の足を踏んでくれることだろう。そのさまを想像したら、ちょっぴり元気が出てきた。

深井はそろそろと立ち上がる。うん、いける。もうそんなには痛くない。病室に帰ろうとした深井はふと気がつく。どうしてオオバクロスの五十嵐が、八丁堀ペイントの西脇の見舞いに来たのだろう。しかも、こんな休日に。

改めて病室に入ると、「なんだ、訳ありか？」と西脇に五十嵐とのことを突っ込まれた。

「転職前にいた工務店で、オオバクロスの営業担当が五十嵐さんだったんです。辞めるときにいろいろあったもので」

「へえ、そうだったのか」

西脇が「いろいろ」を深く突っ込んでこなかったのは、幸いだった。

「そいつは奇遇だな。だから向こうもおまえの名前を出したら驚いていたのか」

「驚いていた……」

「ああ。なんだか尋常じゃないぐらいに動揺してたぞ。あの鉄仮面が。みものだったなあ」

「鉄仮面ですか」

以前の五十嵐は、とてもそうは見えなかった。確かにあまり声を出して笑ったりはしなかったが、柔らかい雰囲気をまとっていた。

けれど、さっきの彼なら、そう言われても驚かない。無表情。冷たい目。

「気にするな。あいつは、愛想はないが、悪いやつじゃない」

「あの、そのことなんですけど。なんで西脇さんが五十嵐さんを知ってるんですか」

にやりと西脇は笑った。先ほど感じた、悪い予感は強くなる。

この笑顔が出るときには要注意だった。

徹夜してくれ、今から青森に出張してくれ、次のイベントショーではアンケートトップをとってくれなどの、無理難題をふっかけてくるからだ。

「今、俺は、中東のプロジェクトにかかわっていてな」

「中東の、プロジェクト」

西脇の転属先が海外事業部であることは知っていたが、それは欧州やアメリカ、もしくはアジア向け市場だとばかり思っていた。

「中東」

もう一度口にする。イメージは、砂漠。石油。王様。

「うちの八丁堀ペイント、五十嵐のオオバクロス、それからもう一社、サンリツ照明って会社でブランドを作ったんだ。KIWAMI《キワミ》、っていうな。極めるから来てる」

「はい」

「そこの立ち上げに、来月から行くはずだったんだ。場所はズーファラ共和国。知ってるか?」

「名前だけは」

「何度か行ってるけど、いいところだぞ。海流の関係で比較的温暖だし、つい最近近代化したばかりで国民は純朴だし、あそこらへんでは珍しく、賄賂《わいろ》が必要じゃない。これはでかい」

「なるほど」

そんなまだ進行中のプロジェクトのことを、部外者の自分にこんなにあけすけに話してもいいものだろうか。

……部外者?

直感がぴこぴこと危険信号を出している。

「西脇さん、まさかと思いますけど」

にーっこりと彼は笑った。

「いやあ、察しがよくて助かるなあ。次のプロジェクトリーダーにはさっきの五十嵐くんを推した。そして、うちからは深井。おまえに行ってもらう」

くらくらとめまいがした。ここは病院だから、たとえばったり倒れたとしても心配ないなとくだらないことを考える。

「俺を西脇さんのプロジェクトになんて無理ですよ」

「どうしてだ?」

深井は正直に言った。

「海外プロジェクトの経験がない自分が、皆さんのお役に立てる自信がまったくないんです」

西脇は手を、深井の頭に伸ばしてきた。猫っ毛で、雨の日には絡まる赤っぽい髪を、わしゃわしゃと撫でてくる。

「助けてやってくれないか。五十嵐を」

「五十嵐さんを？　俺がですか？」

ああ、と西脇はうなずく。

「五十嵐はまじめだ。仕事もできる。俺はあいつにおおいに期待してる。でもな、仕事っていうのは、一人でするもんじゃない。人を束ねないとできない。おまえみたいに自分が弱いことを知ってて、人に助けを求められる、そういう人間が必要なんだ」

「でも、俺、ズーファラの言葉がわからないです」

「向こうのスタッフは英語ができる」

「第一、こちらでの仕事があります」

「安心しろ。おまえの上司の前川とは話がついてるからさ」

いつの間に、とその素早さに驚く。

西脇は肩を叩《たた》いてきた。

「俺はこのとおり、医者と奥さんに止められて行けそうにない。欧州もアメリカもアジアも、いや、中東のほかの国さえ、いまや一個のパイの取り合いだ。だが、ズーファラは違う。まだどこもここには進出していない。今がチャンスなんだ。このプロジェクトには各社の未来がかかっている。よろしく頼むよ」

自信なんてあるはずがない。

「俺に、五十嵐さんを助けることなんて、できるんでしょうか」

「俺が保証する。おまえはこのプロジェクトの要《かなめ》になる。おまえがいないとだめなんだ」

そんなことは、とても信じられなかった。だが、自分を信じることはできなくても、西脇を信じることはできた。

五十嵐とのことは、今でも混乱しているし、再会は失望を招くものでしかなかった。だが、もし、あの二年前、五十嵐が来なかったら？　そうしたら？　冷や汗が出てしまう。あのまま自分は立ち上がる気力さえなくして、アパートの室内で一人ひっそりと息を引き取ってい た可能性だってあるのだ。そうなってもおかしくなかった。そんな状況だった。

五十嵐が来てくれたからこそ再び社会と繋がり、やり直すことができた。それは紛れもない事実であり、覆すことはできない。

言うなれば、自分は五十嵐に、返しきれないほど大きな借りがあることになる。その五十嵐を助けることができるというのなら、やるしかない。

「わかりました。俺でよかったら、精一杯やらせてもらいます」

そして、出張のあいだに願わくば、この、もやつく気持ちにけりをつけることができるなら、それに越したことはないのだが。

アパートの自分の部屋に辿りつくと、有田焼の招き猫と、そのまえの金の入った封筒を見る。

——ほら、望みどおりに会わせてやっただろ。

招き猫は心なしか、得意げな顔をしているように感じられた。

オオバクロスの小会議室で、深井は五十嵐と二人きりだった。

深井が急遽《きゅうきょ》、ズーファラへのプロジェクトに参加することになったため、本日の三社合同会議のまえに、少しでも知識の後追いを助けようと五十嵐が特別に講義をしてくれることになったのだ。

五十嵐の表情は厳しく、鉄仮面を通り越してブリザードが吹き荒れそうだ。視線はこちらを向くことはなく、会議室のうしろ、いもしない誰かに話しかけているようで、ともすれば自分が透明人間になった気がする。

それもこれも自分の飲み込みが悪いせいだと、必死に深井は手元の資料を覗き込む。きめ細かにまとめてある。これはたぶん、五十嵐の仕事だ。人に筆跡があるように、仕事にも癖がある。その人なりの「手ざわり」のようなもの。

「このプロジェクト名はKIWAMIといいます」

五十嵐がそう言いながら、プロジェクターで映し出された該当箇所をポインターで指示している。

「プロジェクト参加は三社。塗料メーカーである御社の八丁堀ペイント、照明器具とファブリックを扱うサンリツ照明、そして床材と壁紙の弊社オオバクロスです」

次に出てきたのは地図だった。場所は中東。アラビア海。

「売り込み先はここです。ズーファラ共和国。アラビア海に面した半島に位置する国です。国土面積は二十四万平方キロメートル、日本で言えば本州に匹敵します。人口は約一千二百万人。正確にわからないのは、西部の遊牧民の数が正確ではないためです。主な産業は石油、漁業、羊毛など。人口の八分の一がここ、北部の商業都市、ズーファラに集中しています。私たちがショールームを立ち上げるのも、このズーファラにある商業施設の一階になります」

画面が切り替わり、ショールームの完成予想図が映し出されてくる。

明るい光を取り入れた中、いくつかのコーナーに分かれ、コンセプトの違う床材と壁紙と照明で構成されている。

「今年一月、ズーファラで開かれた企業向けの国際展示会では当ブランドも出展し、高い成約率を得ました。今度は一般市民層への浸透が狙《ねら》いです」

国際展示会での様子が動画で映る。大きな施設にブースが区切られ、しきりに話し込んでいる様子がうかがえる。通訳を傍らにした五十嵐や西脇の姿も見える。

「ズーファラの規約により、基本的には経営はすべてその国民が行うことになっています。私たちの仕事は、ショールームを立ち上げ、運営がスムーズに行くように教育、サポートすることです。こちらが、ズーファラの一般的な郊外の家屋です」

また画面が切り替わる。明るい黄土色の土塀に囲まれた二階建ての家。半円の窓に中庭。日本でいえば屋敷とか城とか言われても納得してしまいそうだった。

「これらの家に一族で住んでいます。ズーファラは女系社会です。結婚したあと長女が家長となり、夫が移り住んできます。国民の所得は常に右肩上がりで、最近では女性の社会進出もめざましい。当プロジェクトでも現地採用スタッフ二十一名のうち、十名は女性です」

画面が消えた。五十嵐は機械的に、しかし、ていねいに注意点を述べていく。

「気をつけていただきたいのですが、ズーファラは特殊な宗教下にあります。女性は黒いかぶり布をしています。彼女たちに必要以上に話しかけないこと、さわらないこと。セクハラはもってのほかです」

「わかりました」

なんだかややこしそうだ。しかし、女性と見たらとにかく逃げておけば問題ないだろう。

「それから、性的な書物に関してはたいへんに厳しいので、ポルノ雑誌の持ち込みは禁止です。その場で逮捕されると思ってください」

「逮捕……」

「女性に車から声をかけただけで、翌日には彼女の一族に袋だたきに遭う国です」

もしかして、ものすごい国に行くんじゃないだろうか。手にじっとりと汗をかいてしまう。さすがに見かねたのか五十嵐が、「向こうに着いてしまえば、基本はホテルと職場の往復になりますから」と慰めともつかない言葉をかけてくれた。

「次に、ズーファラ語ですが……。お手元のテキストをご覧ください」

言われたとおりにテキストを開いてみる。

美しい文様のような文字が並んでいた。右から左に読むらしいのだが、どこが一文字なのかもわからない。説明も頭に入ってこない。

五十嵐がこちらと視線を合わせなくても、こちらからは彼の顔をじっくりと眺めることができる。

やはり、五十嵐はいい男だ。恵まれた上背と、厚みのある肩。彫りの深い、男らしい顔だち。再会したときには五十嵐の冷たい物言いと態度にひどく傷つき、売り言葉に買い言葉になってしまった。最悪だ。だが、それと同時に思い知ってしまった。あれだけ怒ったということは、彼のことを振り切れていないのだ。あの鮮烈な一夜が物慣れた男の偽りだと、未だに納得できていないのだ。我ながら頑固さにうんざりする。

「深井さん。ここまでで質問はありますか？」

五十嵐に言われて、資料を改めて見直す。

「……特には、ないです」

そう言うしかなかった。

どこがわからないかもよくわからない。そういう心境を感じ取ったのだろう。五十嵐は諦《てい》念《ねん》を含んだ物言いで告げた。

「出発までには一ヶ月程度しかありません。とにかく少しでも慣れるようにしてください。ズーファラに行く前までに、せめて数字だけは読めるようにしてください」

「はい」

この数字がまたくせ者なのだ。アラビア数字というぐらいだから、普段使っているものだと思い込んでいたのだが、テキストの「数字」のページに書いてあったのは、知っているものとはまったく違う。楔形《くさびがた》文字に似ている。

「中東では主にインド数字が使用されています。これは左から右に読みます」

「なんてややこしい……」

頭を抱えつつ、ズーファラ語に関しても自分の感情に関しても、今後の展望がまったく見えてこない深井なのだった。

五十嵐は次の準備のために残り、深井だけが一礼して会議室の外に出た。よろよろと廊下の壁に手を突く。とてもではないが、なにかできる気がしない。

西脇にはあんなことを言ったけれど、自分は足手まといになるだけなんじゃないだろうか。ふっと煙草《たばこ》の匂いがした。そうか、喫煙所が近かったなとそちらを見る。喫煙所は廊下から引っ込んだところにガラスのパーティションを隔てて設置されていた。そこから煙草を手にした男が顔を出して、手を振っていた。

見覚えのない人なので、後ろを振り向いてみたが、誰もいない。自分か、と指をさすと相手はそうそうと陽気にうなずいた。手招きするので寄っていく。

細身のスーツに薄桃色のシャツ、タイは砂目模様だった。年はたぶん三十前後。痩身《そうしん》で深井よりも背が高い。百八十センチちょっとというところだろうか。へらっと彼は笑った。もとより垂れ目気味なのがさらに目尻が下がって、つられて笑ってしまいそうになる。

「きみ、西脇さんのかわりの八丁堀ペイントの人でしょ」

「あ、そうです。深井諒太といいます」

「俺、サンリツ照明の高木《たかぎ》です」

サンリツ照明の高木さん、ということは、この人が三人目のズーファラ同行者なのか。

「よろしくお願いします！」

言いながら、名刺を出そうとすると、高木に止められた。

「いやいや、いいですよ。これから会議でしょ。初顔合せになるわけだから、名刺は会議のときに。やることなくなっちゃいますから」

深井は名刺を引っ込めた。彼は喫煙エリア、深井はその外で会話する。高木は五十嵐とはまったく違って砕けた雰囲気の人だった。話しやすそうなので、ほっとする。

「深井さん、特別講議だったんですよね。どうでした。手応えのほうは？」

「手応えもなにも。言葉なんて難解すぎて、何年習ってもわかりそうにないです。皆さんにはあれがちゃんと文字に見えているんですよね」

「去年から今回の立ち上げに向けてやってますからね。初見じゃ、文字に見えるかどうかさえあやしいですよね」

「そうなんですよ」

まったくもって難解な言語だ。あれに比べれば小さいときから習っているアルファベットは、なんとなじみのあることか。

「半年位したら、なんとなくわかるようになってきますよ」

「はあ、半年ですかー……」

深井が肩をがっくり落としていると、彼は煙草を持っていないほうの手で肩を軽く叩いてきた。

「まあまあ。そんなに落ち込まなくても。現地採用スタッフは全員英語がしゃべれますから。英語をかっちりやっていけばなんとかなりますって」

「はい……」

ズーファラ語に比べればはるかにましだが、英語とてエキスパートとは言いがたい。

不安にさいなまれる深井に、高木は安心させるように言った。

「五十嵐さんと西脇さんは何回かズーファラに行ってるんですけど、俺は今回が初めてですから。立場はいっしょです」

「そうなんですか。なんだかちょっとだけほっとしました」

「俺は五十嵐さんと深井さんが帰国したあともそのまま、ズーファラに駐在しますけどね。日本人スタッフが一人はいないとまずいので」

「それは、寂しいですね」

「や、俺、心臓に毛が生えてるから平気ですよ」

言ってから高木は、しごくまじめな顔になった。

「西脇さんがいきなり倒れちゃって、うちらもあたふたしてるんで、サポートよろしくお願いします。あの人がいると頼もしいんだけどね。急遽リーダーになった五十嵐さんもかなり緊張しているみたいだし」

「そうなんですか」

再会してからの五十嵐はいつも堂々としていて、ときに尊大ささえ感じるぐらいだから、緊張なんて言葉とは縁遠い気がしていた。

けれど、考えてみれば、自分が知っている五十嵐というのは、営業で会っていたときと、あの一晩だけなのだ。共に過ごした一夜が鮮烈すぎて誰よりも彼と近しいように錯覚していたけれど、実際は爪の垢《あか》ほどもわかっていない。第一、五十嵐の気持ちが推測できるなら、こんなにやきもきしたりしない。

「あっと、これは、知っておいたほうがいいと思うから言っとくんだけど」

高木が、今までの熱弁が嘘のように口ごもる。その様子を見て、彼がなにを言い出そうとしているのか、深井はだいたいの想像がついた。高木は誰が聞いているでもないのに、声をひそめると、言った。

「本人が公言していることだけど、五十嵐さんはゲイなんだ」

「あ、はい」

高木は、深井があまりに平然と自分の言葉を受け止めたのが意外なようだった。彼には、深井と五十嵐が元の職場で知り合いであることは伝わっていないようだ。

高木はむしろ深井が、自分の言葉を受け入れかねているのだと取ったようだった。

「だけど、大丈夫だからね。彼、ちゃんと公私のけじめはつける男だから。仕事関係の人間には手出ししないから」

「はい。ありがとうございました」

「うん、じゃ、あとでまた」

深井はまた会議室に戻っていく。自分のスーツが少し、煙臭くなっていた。


なるほど。

深井は心中でうなずく。

五十嵐は仕事相手には手を出さない。だから、二年前のときも深井が工務店を辞めてのち、声をかけてきた。もし自分が前の職場にそのまま勤めていたら、彼は手を出してこなかっただろう。

後腐れがないから。だから、仕掛けてきた。

「そう考えるのが、妥当だよな」

わかっているのに。受け入れればいいのに。

五十嵐を見ていると、胸のうちが震えるのを感じる。あのかけらが共鳴するように、疼くように、存在を主張する。そして訴えてくる。あれは一夜の火遊びじゃない。もっと違うことだったのだと。

出発まで多忙だったのは、いっそ幸いだったかもしれない。

もし深井が暇であったとしたら、きっと悶々《もんもん》と自分と五十嵐の関係について悩んでしまったのに違いないからだ。そして同じループを何度も何度も辿っていたことだろう。ぐるぐるからからと回し車を転がし続けるハムスターのように。

念のためにする予防接種、関係者への挨拶、旅行に必要なものの買い出し。ズーファラ語は無理でも資料の知識はできるだけ詰め込む。扱う自社製品だけは、どれがなにを示すものか字は読めなくても形から判別できるように頭にたたき込んだ。最初は不慣れだったインド数字にいたっては、ほとんど完璧にわかるようになった。それを今までの仕事の引き継ぎと同時進行したのだ。最後の一週間、深井は会社から帰れなかった。

出発当日。成田空港に集合したとき、深井の目の下には、くっきり青黒くクマができていた。

五十嵐が出発ロビーで深井の到着を待っていた。

五十嵐がこの、ほかの国の人がたくさんいる中でも目だっていたので助かった。暗色のスーツ、手にはビジネスバッグひとつ。いかにも旅慣れたふう。

反して自分は、あまりに支度がぎりぎりすぎて空港宅配に間に合わず、大きなスーツケースを引いて、さらに持ち込み用の小型のスーツケースを抱えている。

「深井さん、五分の遅刻ですよ」

「すみません。駅までの道が混んでいたうえに荷物が重くて」

自分で言いながらも、言い訳になっていないと反省する。

「高木さんは、まだですか？」

「彼ならとっくに手荷物検査を済ませて、搭乗ゲート近くの喫煙エリアにいます。そのスーツケースを預けたら、俺たちも行きましょう」

「遅れてきて申し訳ないんですけど、ちょっとだけ待ってもらえませんか？　見送りが来ているはずなんですけど」

携帯を取りだしたところで、声をかけられた。

「諒太！」

花崎が走り寄ってきた。長期出張を伝えたら、空港まで行くと言って聞かなかったのだ。彼女はふわりとしたスカートをはいていて、ヒールのかかとが高かった。

五十嵐は彼女を見て顔をこわばらせる。もしかして、出張なのに見送りなんて仕事を舐めていると思われているのだろうか。

「五十嵐さん、花崎さんです。花崎さん、こちらは今度の出張のリーダーの五十嵐さん」

あせって紹介をする。

「花崎です」

彼女はぺこりと頭を下げた。

もし、五十嵐が深井と一夜を共にした男だと知れたら、きっと花崎は彼をただではおかないだろう。いつもより鋭いあのピンヒールで五十嵐の足が腫《は》れるまで踏みつけるだろうな。

そこまで想像して、早く搭乗ゲートまで行き着きたい気持ちになった。五十嵐は、二人をじっと見ている。それから、ふっと力を抜き、花崎を見て言った。

「ご結婚されるそうですね」

「あ、はい」

彼女がこちらをちらちらと見る。おまえが言ったのかと問いかけている。違う違うと深井は顔の前で手を振る。きっと西脇だろう。

「おめでとうございます」

突然の祝福に、花崎があせっている。

「そんなそんな」

「式は来年春と伺っていますが」

「そうなんですよ。ささやかな式なのに、いろいろやることがあるもんですね」

「出張でお相手が不在だと準備が滞ってしまいますね」

「ですね。でも、しょうがないです。お仕事ですし」

思いの外《ほか》に会話が穏やかで、深井は内心安堵《あんど》していた。

「見送りに来ていただいて申し訳ないのですが、あと五分でお願いします」

そう言って五十嵐は気を利かせたものか、二人から離れた。

「諒太、大丈夫？　すごい顔。寝てないんでしょ？」

「平気。飛行機の中で寝るから」

「だと思って。はい、いいもの持ってきたから」

彼女はそう言うとバッグの中から可愛い袋に入ったものを差し出してきた。

「なに、これ？」

「おやすみセット。アイマスクに小型枕、それから耳栓。スリッパは機内にあるよね。飛行機の中で熟睡できるように」

深井の口元はほころんだ。

「花崎さん、気が利く」

「そうでしょー」

彼女はへへーと嬉しそうな顔になった。

「ごめんね、花崎さん。結婚式の打ち合わせはまだまだあるのに」

「しょうがないよ。諒太の出世のためだもん」

「出世とか関係ないけど、頑張ってきます」

「うん。頼もしい」

「それと、諒太。おみやげに薔薇水《ばらすい》、お願いね」

「ば、薔薇水？」

なんだ、それは。深井は首を傾げる。花崎は説明してくれた。

「もう、ズーファラっていうのはね、通称『中東の薔薇』。海流の関係で中東の中でも緑でいっぱいなの。薔薇は国の花に指定されているくらいに有名なのよ。生の花は持って帰れないけれど、薔薇水は持って帰れるから。期待しているからね」

そう言われてしまったら、うんとしか返事のしようがない。

花崎の肩越しに見える五十嵐が、手を上げて腕の時計を指さした。もう約束の五分は過ぎている。深井は花崎に別れを告げる。

「じゃあな。行ってくる」


出国ゲートを抜けて搭乗口まで持ち込み用のスーツケースを引いて歩く。五十嵐は大股《おおまた》で、ついて行くのが精一杯だ。ただでさえ身長差からの一歩の違いがあるので、ほとんど走る勢いになってしまう。

「そんな急がなくても間に合うから、ゆっくり行こうぜ。深井さん」

いつのまにか高木が隣にいた。いきなり髪をわしゃわしゃとかき回される。

「なにするんですか。俺、これでもちゃんと髪の毛をセットしてきたんですよ」

「悪い悪い。なんか、毛色がうちの犬に似てたもんで」

「犬ですか？」

うひひ、と彼は笑った。

「ま、とりあえずは笑って帰ってこようぜ」

「はい」

五十嵐は立ち止まり、こちらを振り向いた。しかめ面に首をすくめる。さきほどから五十嵐の機嫌はどんどん悪くなっている気がする。遅刻する自分が一番悪いのだが、旅の最初から気の重くなる態度を取らなくてもいいだろうにと恨めしくもなる。

西脇の言葉を反芻《はんすう》する。


――俺が保証する。おまえはこのプロジェクトの要になる。おまえがいないとだめなんだ。


ほんとに？　ほんとですか、西脇さん。

俺なんか、ズーファラ語はわからないし、度胸もない。そんな俺でも？　なにかできるんだろうか。やれることがあるんだろうか。今はとても信じられないけれど。


飛行機は三人席だった。高木が窓際がいいと言ったので譲り、深井が真ん中、五十嵐が通路側の席になる。五十嵐からは控えめなフレグランスが漂ってくる。

一緒にラブホテルまで歩いたときに、彼から漂ってきた香りだ。フレグランスを、彼が変えないでいてくれたのが、思いの外に嬉しかった。

離陸したとたんにかくんと落ちるように深井は眠りについてしまう。せっかく花崎が持ってきてくれたおやすみセットもなんのその、石が落ちるような勢いだった。

「深井さん。深井さん？　食事ですよ。和食にしますか？　深井さん？」

五十嵐の声が、遠くからしていた。出発のときとは違って穏やかな声だった。だからだろうか。

こんな夢を、見た。

＊　＊　＊

自分はラブホテルのベッドの上にいた。五十嵐が部屋を出て行くところを見ている。

夢だ。夢なんだと思っても、その場にいるかのようにやけに鮮明だった。

五十嵐のフレグランスさえ、かぎとることができた。

行かないで。ここにいて。一緒にいてくれると約束したのに。

「そんな顔をしないでください。俺だってあなたを置いていきたくはない。でも、どうしても行かなくてはならないんです」

＊　＊　＊

「起きてください、深井さん」

肩を揺さぶられる。

「うー……」

必死に目をあけると、通路に五十嵐がいた。脇には自分のスーツケースがある。彼は見覚えのある、痛ましいものを見る目をしていた。

「ん？」

ぱたぱたとかかっていたブランケットに水滴が落ちる。なんだろうと思うと、自分は泣いているのだった。

「うわ。なんで？」

恥ずかしいことこのうえない。慌てて顔をぬぐう。

「すみません。出発の準備でばたばたしていたからかな」

悲しい夢を見たなんて、女々しいことは言えない。

「いえ」

機内には人の姿はまばらだった。

「あれ。もう着いたんですか？」

「ズーファラへはドバイを経由しないと着きません。トランジットです。乗り換えないと」

おや、と首をかしげる。五十嵐の態度は空港でよりずいぶんと和らいでいた。

「あ、そうか。すみませんでした。高木さんは？」

「煙草を吸いたいと言って走って行きました。途中からいらいらしてたいへんでした」

「ああ、煙草、好きですもんね」

愛煙家の彼には苦行の旅だったろう。今頃は、さぞかしおいしく煙草を吸っているに違いない。ということは、五十嵐は深井のために機内にずっと残ってくれていたのだろうか。

立ち上がってブランケットをたたみながら、もしかしてこれも彼がかけてくれたものなんだろうかと五十嵐を見るが、そんなはずはないかと思い直す。


ドバイで三時間の待ちのあと、飛行機は一時間でズーファラ共和国の首都、同名のズーファラ市にあるルシド国際空港へと着いた。

天気は快晴。海から心地よい風が吹いてくる。真夏にはときに五十度近くになるこの街も、日本の冬に当たる今は春。ベストシーズンと言えた。

「いい天気でよかったですね」

そう深井が言うと、五十嵐にあきれられた。

「深井さん。こちらはいつでもたいてい『いい天気』ですよ。のべ百日は滞在していますが、雨が降ったのは一回きりです」

「あ、そうか。そうでした」

データとしてはわかっていても、実感できない。

欧米人や自分たちのようなアジアの人間もいるのだけれど、この国の人が多い。ズーファラの人はひとめでわかる。男性は白い長袖《ながそで》の簡易ドレスのような民族服に円筒形の刺繍《ししゅう》入り帽子、女性は顔以外肌を見せない黒い服にかぶり布。

「わあ……」

いよいよズーファラに着いたんだと感じる。緊張してきた。

つん、と肘でつつかれ、高木に耳打ちされる。

「あんまり女性を見ると怒られるらしいぞ」

「そうなんですね。気をつけます」

視線を前方に固定する。ちらっと見ることもいけないなんて、どれだけ厳しいのだろう。

「深井さん」

五十嵐にこわばった声音で話しかけられて反射的に謝る。

「すみません！　もう見ません！　むしろ避けます！」

「深井さん。深井さんは新しく参加された方です」

「はい」

「だから、多くは望んでいません」

いや、それはそうだろうけれど。プロジェクトリーダーとしては、もうちょっとポジティブな言葉をかけてくれてもいいのではないだろうか。せめて、こう、「気合いを入れていきましょう」的な。

トランジットのときには、穏やかさを感じたというのに、意味もなくまた厳しくなる。そのたびに自分はほっとしたり落ち込んだり忙しい。

「せめて、病気や事故に遭わないようにしてください。そのためには、日本とはまったく違って、宗教上の戒律を重んじる国民性を理解し、身を慎んでください」

けれど、その端々にかつての彼から感じたいたわりや愛情を感じ取ってしまうのは間違いなのか。

今だって厳しいことを言うのは自分を心配しているがためだと信じそうになるのは、己がちょろいからなのか。

「……足を引っ張らないように、善処します」

深井は、このもやついた気持ちをどうにかしたかった。自分の感情なのに、胸の中にあの日からかけらがあるせいで、うまく見定めることができない。それが焦《じ》れったくてしかたない。もしもかけらに形があって指でほじくりだせるなら、取り出してしまいたいくらいだった。そのもやつきの元になっているのは五十嵐で、彼の行動、些細な言葉に自分はふらついてしまう。五十嵐がどうしてそういう態度を取るのか。あの夜のことは五十嵐にとってなんなのか。理解したかった。それができたら、自分の感情だってもっとはっきりとして、次のステップに踏み出せる気がするのだ。

空港で客待ちをしていたタクシーに乗り込むと、五十嵐がホテルの名前を告げる。タクシーの運転手はうなずいて、車を発進させた。

深井は、五十嵐からの特別講義で習った内容を思い浮かべていた。

ズーファラ共和国。

中東、アラビア海に面した国。先代の王が近代化を拒んだため、長く「最後の中世」と呼ばれていた。今の王が父を追放後、近代化を進めた結果、国はめざましい成長を遂げ、今は「中東の薔薇」と呼ばれている。治安は安定しており、国民の所得は伸びている。王は惜しまれつつ政界を引退、そのあとは共和制にすみやかに移行、選挙による政治を行っている。救国の王として、今でも国王は絶大な人気がある。

「王様が国民の象徴であるあたり、日本と似ていますね」

そう言うと後部座席で深井と並んで座っている五十嵐は「そうですね」と同意した。五十嵐が落ち着いてフラットな状態なのに安堵する。

「それから、車が左側通行なのも同じです。国王が英国に留学されていたので、交通の法整備をするときにそのようにしたんだそうです」

「あー、なるほど。そういうところも日本と一緒ですね」

アラビア海を左に見ながら、タクシーはズーファラの市街地に入っていく。現代的なつるりとしたビル街ではなく、何本もの柱が並ぶ、石造りの建物が続いている。ときには、ドーム型の屋根も見られて、深井は自分がアラビアンナイトの世界に紛れ込んだ気がした。

「なんか、ドバイよりずっとアラビアーって感じだよな」

助手席に座っている高木もそんなことを言った。五十嵐がうなずく。

「法律で、美観を損ねるからと近代的なビルを建てることを禁止しているそうですよ。そのため、昔懐かしいと言ってほかの中東の国からの観光客も多いんです」

「懐かしい、ですか」

深井はさっきまで自分たちがトランジットのためにいたドバイの景色を思い出していた。

「おもしろいですね。自分たちは好んで天に届きそうな超高層の近代ビルを建てているのに、懐かしがってズーファラまで来るなんて」

「けれど、俺たち日本人だってそうですよね。自分はオール電化のマンションに住みながら、古民家や合掌造りの家にわざわざ泊まりに行ったりするのだから、同じことかと」

「そう言われればそうですね」

隣をフェラーリが追い越していく。そのあとに続いたのはアウディだ。

あまり車に詳しいほうではない深井だが、ロールスロイスにポルシェにベンツ。道路を走っている車の中にやたらと高級車が目立つ。

「この国の金持ちは桁外《けたはず》れですからね。複数台持ちもふつうにあります。それに、こちらではガソリンが安いんです。リッター三十円しないので、燃費などはあまり考えないんでしょうね」

「リッター三十円。それはまた、夢のようですね」


ホテルについた。アーチ型の入り口をくぐると玄関があり、そこで降りると、ベルボーイが荷物を取りに来てくれた。

列柱がぐるりと周囲をとりまき、何階かごとにバルコニーがある。中に入ると外観よりははるかに近代的でほっとした。高い天井からはシャンデリアが下がっていて、ソファが並んでいる。日本の高級ホテルとあまり変わらない。

「ホテルでは酒が飲めるんだよな？」

そう聞く高木《たかぎ》に五十嵐《いがらし》は苦笑した。

「バーで飲めますよ。それに外国人パスがあれば街の売り場でも買えます。でも、酔って不埒《ふらち》なまねはしないようにお願いします」

高木はにかっと笑った。

「わかってるって」

ホテルの部屋は、五十嵐、深井《ふかい》が同じフロアで隣、高木は別フロアだった。エレベーターの中で、深井は訊《たず》ねる。

「どうして高木さんだけ別フロアなんですか？」

高木が答える。

「長期滞在用の部屋にしてもらったから。ちょっとだけ広くて、ミニキッチンがついてて、収納が多いんだ。遊びに来てもいいぞ」

「そのうち、行かせてもらいます」

部屋は、ビジネス客向けの簡素なものだった。だが、清潔でシングルにしては広めなので文句はない。窓の外にバルコニーがあった。

まずは自分のスーツケースをあける。母親が「出張先にはこれを持って行け」と送ってきてくれた包みを、時間がなくてそのまま突っ込んできたのだが、あけてみたら、自分が幼い頃に好きだった「パンダのワルツ」というチョコレート入りクッキー菓子のパッケージがたくさん入っていた。どうりでかさばる割には軽かったはずだ。母親にとっては自分は小さな子供のままなのかなとおかしくなる。

服をクローゼットにしまい、資料がそろっていることを確認し、持ち込んだノートパソコンをセットする。ネットに繋《つな》がったことを確認して、安堵《あんど》した。

バルコニーに出てみた。もう日はすっかり暮れている。もし明るければ、目の前に海が見えるはずなのだが、今は音だけしか聞こえてこない。中東の国で海の音を聞く。なんだかそぐわないような、このアラビアンナイトの国ならあり得るような。

もっと知りたい。五十嵐のことを。そのうえで、自分がちゃんと腑《ふ》に落ちる答えを導き出したい。

そして、やはり自分は五十嵐の役に立ちたい。半分死んでいた状態から引っ張り出してくれた彼を、プロジェクトリーダーとして成功に導いてやりたい。

「導くって、俺がか？　そりゃあ、無理ってもんか」

まだ、自分にしかできないことは見えてこない。それどころか、自分にもできることさえ、摑《つか》めていない。

とりあえずは、淡々と、着実に、自分に与えられた業務をこなしていこう。

と、そう決意したのもつかの間だった。試練は初日から訪れた。

ショールームの場所はメインストリートの商業施設一階。ホテルから歩いて五分だ。隣接して事務室があり、二階には会議室と倉庫がある。

スーツを着用した深井は会議室で、講師として現地採用スタッフに接客を教えていた。

ズーファラのスタッフは二十一名。男女がだいたい半分ずつなのだが、男性スタッフは右、女性スタッフは左の席にみごとなまでに分かれていた。

男性は白い民族服に縫い取り帽。女性は上から下まで黒ずくめの姿。全員大学まで出ていて英語が流ちょうだそうだが、洋服を着ている人はいない。民族衣装を着ることを国が推奨しているらしい。

「まずは、お客様がいらしたら、笑顔でお迎えしてください」

基本中の基本だ。言葉を続けようとした深井だったが、スタッフが互いに小声で話をしていることに気がついた。うまく通じなかったのだろうか。自分の英語にはどうしたって日本語なまりがある。

「えーっと。話がわかりづらかったですか？　もう一度、言いましょうか？」

「ミスター。質問があります」

思い切ってというように、一人の男性が手を上げた。

「はい？」

「なんで笑わなければいけないのですか。楽しくもないのに、しかも初対面の知らない人間を相手にして、笑うことはできません」

くらりとした。そこからか。

「えっと」

「それに、まだ契約したわけでもないということは、客ではないです」

笑顔で接してくださいという日本であればなんということのない深井の要望が、そもそも理解不可能なようだった。

全員が自分を見ている。

「あの」

ズーファラの男はみんな髭《ひげ》を生やしている。腰に半月刀をさしたらさぞかし似合うことだろう。肌色浅黒く、顔の彫りが深く、はっきり言って恐い。女性は女性で黒ずくめの服で顔だけを出し、こちらを見ている。

なんて言って説明しよう。どうしたら彼らに通じるのだろうか。

お客様は神様だから？　でも、彼らは単一神を信仰している。それは彼らの神を侮辱することになるかもしれない。

好奇心いっぱいの男たちと、じっと見つめてくる女性の間で、深井は冷や汗をかきながら、ひたすらその身を縮めていた。

「それについては、こう考えてみてはいかがでしょうか」

涼やかな声が会議室の後ろから響いてきた。皆が後ろを振り向く。五十嵐だ。彼は部屋の隅で目立たないように深井の様子を見ていたのだが、見るに見かねてだろう、声をあげてきた。

彼は濃い茶のスリーピーススーツを着ている。ストライプのネクタイも色を合わせていた。彼は流ちょうな英語で説明を続けた。

「日本では一期一会という言葉があります」

「イチゴイチエ？」

「はい、そうです。ここで会えた偶然への感謝ということです。もしかしたら、この人とは二度と会うことがないかもしれない。神様がこのショールームで自分たちをたまたま巡り合わせてくれたことを感謝する、そういう気持ちで接してくれたら、自然と笑顔になれるのではないでしょうか」

「ああ、なるほど。そうですね。神様が会わせて下さったんですね」

質問してきた男が納得している。ほうっと深井は息をついた。

目で五十嵐に礼を伝える。彼は続けるようにと身振りで示した。うなずき、再開する。

なんやかんや言っても、五十嵐はいつも自分を見てくれている。今もだ。あんな難しそうな顔をしていても、ほんとうに困ったときには手をさしのべてくれる。

そう信じられたせいか。それからはしごく落ち着いて、滞ることなく説明を終えることができた。

講義が終了して休憩に入ったとき、深井は五十嵐のところに行って頭を下げた。

「さっきはありがとうございました。助かりました」

「いえ。こちらと日本では、『常識』自体が違うので、思いがけないことでつまずいたりするでしょうが、これも慣れです」

「こちらでは客が入ってきても挨拶しないんですか」

「しないですね。初見の客でも挨拶をしてくれるのは、海外ブランドの店や、観光客相手の店ぐらいでしょうか。たいていは『売ってやっている』という態度です。近代化以前のこの国は、常に物資が不足していたので、売手市場だったそうで、その名残《なごり》ですかね」

「でも、時代は変わりますよね」

「そうですね。変わらないものなんてない。たとえ、どれだけそのままでいて欲しいと願っても、それはできないことだ」

二人の間に沈黙が満ちた。どうしてだろう。深井は、五十嵐が自分のことを言っている気がした。

俺はむしろ、変われたらよかった。あなたを忘れることができたら。ほんの少しも感情が動かないのだったら。胸が痛まないのだったら、かけらの存在を意識しなくてすむのだったら、五十嵐の一挙一動に左右されない自分だったら、どんなにか心安らかだったのに。

空気が濃くなっている。濃密になり、自分を突き動かす。

「……五十嵐さん」

なにを、言おうとしたのだろうか。自分にもわからない。会議室のドアがそのとき開いた。

「あれー？」

入ってきた高木が中を見回した。

「うちの商品説明の時間なんだけど、みんなどうしちゃったの？」

「ズーファラ時間だと、あと五分というところでしょうか」

五十嵐がそう言った。ズーファラでは時間さえも、日本とは違う速度で流れているらしい。


午後は、深井は事務室の配線張りをしていた。業者に頼んだのだが、いつになっても来ないというので、自分でやることにしたのだ。それに、身体《からだ》を使う仕事をやっていたほうが気が紛れた。同じ部屋にいてノートパソコンを使っている五十嵐のことをそれほど考えないですむ。トイレに行って廊下を事務室まで戻ろうとしたときに、ちょうど退勤時間となり、現地スタッフに遭遇した。

「お疲れ様でした」

そう日本語でつぶやき、一礼する深井の前を、男性が目礼して通り過ぎていく。そういえば、神様に祈るとき以外は、あまり頭を下げないのだっけ。それにしても、どうしたらあんなに立派な髭が生えるんだと感心しながら彼らを見やったそのあとに、今度は女性たちが来た。

深井は廊下の端に必死によけて目をつぶっていた。

この国の女性は誰かの母、誰かの妻、誰かの娘。フリーの女性なんていない。いるとしたら法律では禁じられている娼婦《しょうふ》だけなのだ。

女性に手出しをするのは、もっともいけないことだと強く言い含められている。姦淫《かんいん》は大罪だ。そんなつもりは毛頭ないけれど、疑われるだけでもたいへんなことになる。この国の王女が昔、夫以外の人と恋に落ちたことがあるのだが、法律に従って裁かれ、むち打ち二十回の刑に処されたうえ、国外に追放されたそうだ。

むち打ち！

この国の屈強な男性のむちを受けたら、自分なんて一発で失神してしまいそうだ。ましてや、二十回なんて。死んでしまう。生きて国外に出たその王女は、さぞかし頑丈だったのに違いない。思いを巡らせながらおののいていた深井だったが、ふわりと甘く、鼻腔《びこう》をくすぐる芳香に思わず目をあけてしまった。

「あの」

理知的な黒い目がこちらを見た。たぶん花崎さんと同じくらいの歳《とし》だろうなと推し量る。

「ああ、あの」

しまった。声をかけてしまった。

決してしないでくれと言われた、そして自分も絶対にするまいと心に決めていたことをしている。まずいと泣きたい気持ちになったが、もう引き返せない。

「その」

胸には名札がある。その名も「Rosy」、ロージーとあった。それはきっと彼女の本名ではない。真実の名前は、彼女の肌と同様、秘めるべきものなのだ。

「あの、えっと、すごくいい匂《にお》いですね。俺、姉から、薔薇水《ばらすい》を買ってくるように言われて。その、あまりにいい匂いだから」

ああ、自分はなにを言っているのだろうか。彼女の視線が痛い。いっそ侮蔑《ぶべつ》してくれたら。冷たくしてくれたら。

しかし、意に反して彼女はクスッと笑った。

え、笑った？

彼女は、ゆっくりと英語で話をしてくれた。

「この薔薇水は、中央市場の外れ、青い泉印のムハンマドの店で扱っています」

それから、彼女は付け加えた。

「褒めてくれてありがとう」

そう言うとロージーは近寄ってきた。手を下向きに差し出している。そして深井にも出すように手真似で伝えてきた。

「え？　こう、ですか？」

深井が手のひらを上にして出すと、そこにぽとりと落ちてきたものがある。カラフルなピンクと紫の紙に包まれたもの。

飴《あめ》だ。

見上げると彼女はにこにこしていた。口を指さしている。舐《な》めろと言うのだろう。ひょいと放り込む。ミルクとスパイスの甘い香りが口いっぱいに広がる。おいしい。

深井が思わず笑うと、彼女も安心したように微笑《ほほえ》み返してくれる。と、その視線が一ヶ所に止まった。

「ミケマル」

彼女は言った。

「は？」

深井は最初、目の前のズーファァラ女性がなにを言っているのか、さっぱりわからなかった。

「ミケマル？」

彼女はしきりと深井の胸ポケットの携帯を指さし、ミケマルと繰り返した。

そこにあったのは、「忍者三毛丸」のストラップだった。集中して聞いてみると、彼女は「その三毛丸のストラップはどこで買えるのか」と聞いていた。たぶん、日本でしか売っていないと答えると、がっくりと肩を落とした。その様子があまりに可哀想《かわいそう》だったので、ストラップを外して彼女に差し出す。

「飴のお返しです」

ロージーの顔がぱっと輝く。受け取るとだいじそうに胸に抱き、礼を言って、彼女は踵《きびす》を返して仲間のところに帰っていった。待っていた彼女の同僚が話しかけている。きゃあっと笑い声があがっていた。

なんだか、懐かしかった。最初、花崎《はなさき》と出会ったときを思い出した。

八丁堀《はっちょうぼり》ペイントに仮入社した頃、作ってきた弁当を食べようとあいた会議室に入ったら、そこに一人で花崎がいたのだ。ほかの人とランチに行っているのかと思っていたので、びっくりした。

花崎は今はどうしているのだろう。五十嵐が時折話題にのぼる自分をもてあそんだ男だと知ったら、さぞかしおかんむりだろう。飴を口の中でとかして日本に思いをはせていると、「深井さん」と五十嵐に声をかけられ、口の中の飴を飲み込んでしまう。

「あ、あの」

五十嵐は事務室から廊下に出てきていた。今のを、見られていただろうか。見ていないはずはない。どうしよう。女性には不用意に近づかないようにと、あんなに言われていたのに。うまく講師を務めることもできないうえ、今度は言いつけを破ってしまった。

五十嵐がつかつかとこちらに近づいてくる。深井の隣に立った。

「それが、今のはですね」

必死に弁解しようとするが、五十嵐は深井ではなく、女性たちが去って行った社員口を見ていた。

「話してましたね。彼女」

「え、はい？」

「普通に、話してました。あなたと」

「あ、ええ」

五十嵐が深井のほうを向いた。意外なことに、どこか愉快そうな面持ちだった。彼にこんな暖かいまなざしを注がれるのは、再会して初めてだった。そしてこの瞬間、深井は、五十嵐にこうして見つめられることを、どんなにか希求していたことを知った。

嬉《うれ》しい。俺は、無条件に、どうしようもなく、嬉しい。

「たいていはね、話しかけると逃げるんですよ」

「え、そうなんですか？」

「成人した女性が男性と話をするなんて、考えられないんです。初対面の、しかも異国の男性となら、なおさらです」

「へえ、ロージー、勇気がありますね」

「いえ、たぶん……」

彼の視線は、まだ自分に向けられていた。

「な、なんなんですか？」

そんなにまっすぐに見るのはやめて欲しい。落ち着かなくなる。

「あの、五十嵐さん？」

「深井さんの無害を主張するオーラって一種の才能かも知れないですね。つい、心を許してしまう」

「オーラ？　才能？」

そう言われても、ぴんとこない。だいたい、無害を主張するだけの才能ってひどく情けない気がする。

「考えてみれば、俺もそうでした。あまり人と接するのが得意なほうではなかったのに……」

そこまで言って、五十嵐が口を噤《つぐ》む。失言だったというように。

「今回はいい方向に行ってくれたので不問としますが、女性との接触はくれぐれも慎重にお願いします。ここは道行く女性に声をかけただけでも逮捕される国であることを、どうか忘れないように」

「わかりました」

自分だってむち打ちの刑はごめんんだ。

「それだけです」

五十嵐は深井に背を向けると、廊下を事務室に戻っていった。

「いったい、なにしにきたんだよ……」

つぶやいたそのあとに、彼がどうして廊下に出てきたのか、思い至った。

「ああ、そっか」

自分だ。トイレに立った深井の帰りが遅いので、心配したのだ。

「やっぱり五十嵐さんは五十嵐さんだなあ」

気のせいなのか。この国に来てから彼は、自分の知っている二年前の五十嵐に近づいている気がするのだ。このまま行けば、彼の心に近づけるかもしれないなんて、そんな望みを抱《いだ》いてしまう。


ショールームには大きく窓がとられている。曇り加工をしてあって、さらに紫外線をカットしてあり、断熱性に優れている。今日も快晴。柔らかな光が室内を満たしていた。

日本から現地の工務店の尻《しり》を叩《たた》きまくってこれだけは間に合わさせたというショールームは、居間、客間、キッチンまわり、子供部屋、女性の部屋とコーナーが分かれている。その、客間にスタッフには集合してもらっていた。

日干し煉瓦《れんが》と思わせる、明るい茶色を基調とした部屋だった。天井にはシャンデリアが輝き、部屋の中央には長テーブルがある。

テーブルにかかっているクロスの縁には細かい幾何学模様が緑や赤や黄色で精緻《せいち》に刺繍《ししゅう》されていた。長テーブルには木製の椅子《いす》が並べられている。

床はと見れば、絨毯《じゅうたん》が部屋の大きさに合わせてぴったりと敷かれていた。壁は漆喰《しっくい》。ただ、もてなす側が座る背後の一面だけは、このズーファラに昔から伝わる織物を再現したという壁紙になっていた。花が図案化され、蔓《つる》とからみ、いくつものつぼみをつけている。子孫繁栄を意味する、おめでたい柄だということだった。

「いらっしゃいませ」

今日もスタッフの接客研修は続いている。

この出会いを下さったのは神様だから、という五十嵐の言葉にズーファラのスタッフは納得してくれたようで、笑顔とまではいかなくても、なごやかに出迎えることができるようになった。

五十嵐は店に入っても無視されることがあると言っていた。それよりは数段上の接客と言える。

ショールームのオープンまで一週間。

今日は、男性社員と女性社員、別々に、接客する側とされる側に分かれてロールプレイングを行った。

「この壁紙のお値段は一部屋おいくらなのかしら」

「大きさで違いますが、こちらのショールームの大きさですと、三千二百デナリになります」

「高いわ。負けてよ」

「当店では値引きはしていないんです。その代わり、こちらの同柄のカーテンを一緒にお買い上げいただきますと、とってもお得になるんですよ」

最初はぎこちなかったスタッフたちも、進むうちに迫真の演技になってきた。客側を演じた側が、「確かに、微笑んで迎えられるといい気分になりますね」と納得している。

「大切にされている気持ちになります」

「そうですね。それがだいじなんですよ」

ここに来た客には、自分が大切にされていると感じてほしい。願わくば、立ち去ったあとでもそれは続いてくれるといい。

五十嵐は最初こそ頻繁に姿を見せたものの、接客教育が順調とみると、なにかあったら声をかけてくれと言いおいて事務室に帰ってしまった。

任せられてもらえるようになったのは嬉しいけれど、どこかでは寂しくもある。

休憩時間になると、深井はロージーたちに追い回されるようになった。五十嵐に言われたようにできるだけ接触しないようにしようと思ったのに、「カイテー」とここばかりは日本語で懇願され、延々とスケッチブックに色鉛筆で、三毛丸とか特撮とか魔女っ子ものなどの、アニメや漫画の絵を描かせられる。それを彼女たちが、次々と奪い合うようにちぎっていく。聞けば、子供が好きだからあげるのだと目を輝かせている。

どこでも子供は同じなんだなとおかしくなる。

次第に彼女たちのリクエストはエスカレートしてきて、深井の知らないキャラクターを頼まれるようになった。調べてみるとこの国のオリジナルアニメだったので、深井はわざわざ三軒隣の建物に入っている本屋に行って子供用の絵本を買い込み、ホテルの部屋で練習した。翌日にはきちんと色鉛筆で彩色した絵を持っていくことができ、発注主にはご満足いただけたようでほっとした。

女性の中で一番よく話をするのは、やはりロージーだ。馬が合うというのか、話していると楽しくて、気疲れしなくていい。花崎と話すときみたいだ。

ロージーは深井よりも年上で、政府要人のだんなさんがいる。子供は二人。ロージーが出ている間は、メイドさんが面倒を見てくれているらしい。弟が二人いて、一人はもう結婚しているが、もう一人は詩人になりたいそうで、実家からズーファラ市内の大学に通っているという。

そんなふうにして話をしているところに、ふいに高木が顔を出した。

「深井さん、大人気じゃないですか」

そのとたん、女たちはさっと顔をうつむかせ、かぶり布をより深くする。今まで騒がしかったのが嘘《うそ》のように、いっせいに黙り込んだ。

「参ったなあ」

高木は驚かすつもりじゃなかったんだけどと頭を掻《か》いている。

深井のほうがびっくりした。ロージーたち女性の態度は、自分といるときとはまるで違っていた。むしろ、これが普通の反応なのだろう。

「今日、女性に話しかけたこと、五十嵐さんには言わないでくださいよ」

そう釘《くぎ》を刺されたので深井は口にしなかったけれど、女性のうちの誰かが五十嵐に直談判したらしく、高木は呼び出されて注意を受けていた。


高木と深井と五十嵐は、三人でホテル最上階にあるバーのカウンターに腰掛けていた。上着を脱いでシャツ姿だ。

もうすぐショールームがオープンする。その前祝い、景気づけに飲もうと誘ってきたのは高木だった。

「んー。なかなかいい店だね」

バーの壁は日干し煉瓦を模している。床はクリームと茶色の市松模様。テーブルとカウンターは木製だ。クルミ材だそうで、ゆえに店の名前も「ウォールナット」になっている。

この国では今が観光シーズン。店内には外国人観光客の姿が目だった。

ズーファラの国教がアルコールを禁じているため、一般の店では夜でも甘いジュースを出してくる。ここは酒が飲める貴重な店なのだ。

高木はバーボン、五十嵐はアイリッシュウィスキー、そして深井はカルーアミルクを頼んだ。高木には「女子か」とあきれられたが、最近胃の調子がちょっとおかしいのだ。食べ物のせいだろう。

「だいぶ、接客もさまになってきたんじゃないの」

高木の言葉に、深井はうなずく。

「そうなんですよ。最初の頃とは違います」

「あとはオープンを待つばかり、ですかね」

そう言ったのは五十嵐だ。

「どうなることか。期待半分、不安も半分、といったところです」

酒が入っているからか。それとも深井の存在に慣れてきたからか。はたまた高木が一緒なせいか。今日の五十嵐はいつになく饒舌《じょうぜつ》で、物腰が柔らかい。ときおりこちらに微笑みかけてきさえして、そのたびに深井の心臓はばくばくする。

「高木さん、くれぐれも問題を起こさないようにお願いしますね」

高木は一度、女性スタッフに総スカンを食らっている。

「もう、あれはちょっと顔を出しただけじゃないか。そんな細かいこと言わなくてもいいだろー」

「細かくないです。女性スタッフの一メートル以内に近づくことを禁止、トラブルを避けるために高木さんが入ってもいい店はここだけとします」

「えー。まあ、いっか。おねーちゃんのいる店もないしな」

「そういう下品なことを言わないように」

高木は五十嵐に釘を刺されている。

この二人は、おもしろい取り合わせだなと深井は思う。高木は軽く、五十嵐はまじめだ。互いにぎりぎりのところでやり合っている。

きっとこれで、西脇《にしわき》がいたら、完全に手綱を取ってくれたんだろうに。自分ではとてもまとめきれるものではない。日本でやきもきしているだろう元リーダーに思いをはせる。

西脇さんは、ちゃんとごはんを食べられるようになったかな。

花崎さんは元気だろうか。お弁当、俺が来る以前みたいに、会議室で一人で食べてるのかな。寂しくないかな。

「ああ、そっか」

寂しいのは、きっと自分だ。これはホームシックというやつだ。

自分でもホームシックになるんだとわかって、なんだかおもしろかった。

「どうしました、深井さん」

五十嵐が聞いてくる。

「え、なんですか?」

「ため息、ついてましたよ」

「そうですか? 気がつきませんでした」

「身体の調子があまりよくないのではないですか」

言われて、驚く。この男はやはり自分をきちんと見てくれているのだ。素知らぬふりをして、気遣ってくれている。見守られている。

「あー、たしかに食欲は落ちてるかな。でも、平気です。俺、元々そんなに食べるほうじゃないんですよ。それに羊肉が苦手なので、つい」

ごはんを注文して出てくるとなにも言わなくても肉。どうしても肉。なんだって肉がついてくる。そしてその肉はたいていが羊肉だ。

高木が、わかるわかるとうなずいている。

「羊の肉って独特の臭みがあるからなあ。俺も最初は苦手だった。でもこっちの香辛料を使ったやつだとおいしくてどんどん食べられるようになったけど」

最初は苦手だったと言いつつ、高木は順応するのが早く、今では誰よりもたくさん食べている。身体から羊の匂いがするのではないかと疑うぐらいだ。

「あ、でも、五十嵐さん。俺、一応、日本から持ってきた青汁を毎日飲んでますから」

五十嵐が深刻な顔になる。さきほどまでのような柔らかさはもう感じられない。

「そういうのに頼るのはよくないですよ」

きつく五十嵐に言われて、深井は黙る。怒られてしまった。うきうきした気持ちは四散して、ただ苦い思いだけが残る。

「五十嵐さんは顔が恐いのに、そんな言い方するから深井さんがびびっちゃってますよ」

高木がかばってくれた。

「別に。びびってないです、高木さん」

「……すみません。言い方がきつくて」

五十嵐の謝罪に、深井のほうが恐縮する。

「ほんとにびびってないですからね？」

「あと二週間、なんとかふんばれよ。な？」

高木がわしゃわしゃと髪をかき乱してきた。

「やめてください」

最近、気がついたのだが、自分と高木がじゃれていると、五十嵐の機嫌が悪くなる。見苦しい、子供じみたはしゃぎ方だと思っているのだろうか。今も、彼がますます険しい雰囲気になっていくのがわかった。高木のことは嫌いではない。楽しい人だけれど、最近ようやく穏やかになりつつあった五十嵐がまた元に戻ることだけは避けたい。

深井は本気で高木の手を引きはがした。高木は「お」と心外だという顔をしたが、おとなしく離れていった。

高木はくいっとウィスキーを呷ると、深井ごしに五十嵐を見た。

「あのさあ、五十嵐さん。俺、前から聞いてみたかったんだけど」

「なんでしょう?」

五十嵐の声が低い。用心している感じだった。真ん中の自分を隔てて、両側で睨《にら》み合っている感さえある。

「どうなの。五十嵐さんってやっぱり男の好みとかあるの?」

なんてことを聞くんだ、高木さんは。深井はちびちび飲んでいたカルーアミルクを噴き出しそうになった。いくら酔っているからと言っても、そんなプライベートなことを聞くものだろうか。

けれど、同時にとてつもなく興味があった。五十嵐は答えるだろうか。なんと言うのだろうか。知りたい。とても。

「ありますけど……」

「どんなタイプ？」

「高木さんには関係ないでしょう」

「いいじゃん。教えてくれても」

深井は、どきどきしながらカルーアミルクのグラスを両手で持っていた。聞かないふりをしたくても、席の都合上、それは難しい。

五十嵐は押し黙っていたが、やがて、根負けしたようにぼそぼそとつぶやきだした。

「男らしい身体つきの人ですね」

予想だにしない衝撃だった。自分とはまったく違う。二年前、一夜をともにしたときは、「あなたは、隠れたところがきれいなんですね」なんて言ったくせに。あんなに甘い声音で言われたら、本気だと信じてしまう。

「へえ、それはマッチョ的な？」

深井の横からカウンターに、高木が顔を出して確認する。五十嵐は律儀に答える。

「まあ、そうです。ヘテロの人たちが女性に女性らしさを求めるのと同じです。男に男らしさを求めるんですすよ」

「てことは、俺らは問題外だな」

そう高木に同意を求められて、深井は笑おうとしてうまくできなかった。とても悲しくなってしまった。今日から筋トレをやろう、と心に決める。カルーアミルクでも、いい加減酔っ払ってきていたのかもしれない。感情を制御できない。

高木がこちらをじっと見ていた。

「深井さんって身長いくつ？」

「百六十八センチです」

「なんか、もっとちっちゃく見えるよね」

「それはたぶん、猫背なせいだと思います」

ちょっとだけむくれる。

「いやあ、可愛《かわい》い、可愛い。そういうところが女性陣にモテるんだろうな」

「モテてません。モテているのは、俺の描く絵であって俺じゃないですから。それに、俺は」

俺は。

続きの言葉を口にすることなく、深井はカルーアミルクのグラスをカウンターに置くと遠ざけた。もう飲みたくなかった。

「もう、そろそろこの辺でお開きにしませんか」

五十嵐がそう言って立ち上がる。「はい」と返事をして深井は立ち上がろうとするが、よろけてしまう。

「嘘だろ」

いくらなんでも。酒が久しぶりで、体調が万全とは言いがたいとはいえ、これしきで足に来るとは、情けない。

「酔っているようですね」

「そんなことはないです」

しかし、しゃんと立とうと思うのに、足下はふわふわと笑っていた。

「……酔ってます」

「俺が一緒に行きますから」

高木は椅子に腰かけたままだ。

「あー、じゃあ、頼むわ。俺、もうちょっとここで飲んでいくから」

「飲み過ぎないようにしてくださいよ」

高木は五十嵐に、ひらひらと手を振った。


五十嵐の手で深井は、やってきたエレベーターに押し込まれる。エレベーターの壁に背を預けながら、深井は五十嵐を見る。改めて優しい男だと思った。それは恋とか愛とかとは別の次元のことだ。五十嵐はとても情け深いのだ。

ホームシックのため息も食欲のなさにも気がついてくれ、声をかけてくれた。いつも自分を見てくれていて、いざというときには助けてくれる。だからか？　だから、あの、二年前のときに、深井のことを見捨てておけなかったんだろうか。

それでも、少しは楽しいと思ってくれていただろうか?


——よかったですか、俺。


ふっと笑う。そんなこと、聞けるはずもない。

ずっと、もやもやとしている。あれがなんだったのか、わからないから進むことができない。ただ、そのままここにある。もどかしい。もどかしいんです、五十嵐さん。そう、言ってしまえたらいいのに。

目的の階に着くと五十嵐が深井の腕をとる。

「行きます」

深井の部屋は片付けてはいるのだが、長逗留《ながとうりゅう》のためにどうしても荷物が増えて乱雑な印象になっている。それでもベッドの上だけはなにもない状態になっていた。そこにぽん、と投げ入れられる。

「眠いですー」

やはり自分はそうとうに酔っているのだろう。だからいつも抑えているのに、彼に甘え、もっとわがままを言いたくなっている。せっかくここまで距離を詰めたのに、これ以上離されたくないのに。

五十嵐はひざまずいて深井の靴を脱がせた。次には深井のネクタイをゆるめ、取り去り、襟元《えりもと》のボタンに手をかける。ひとつ、ふたつ。わずかなためらいを見せたのち、みっつめも外した。

隠れているところがきれいだと、かつての五十嵐は言った。今はきれいだとは思ってくれないのか。タイプじゃないからだめなのか。

五十嵐は立ち上がると、ベッドに仰向《あおむ》けに寝ている自分に向かって言った。

「明日の朝にはちゃんとシャワーを浴びて、時間に遅れないように出勤して下さいよ。ごはんも食べて」

「ここのごはん、おいしくないです」

五十嵐に向かって、こんな泣き言を口にするなど。彼が困った顔をしている。それなのに、止まらない。

「もう飽きました。特に野菜。朝ごはんだって、どうせしなびたピーマンの炒め物か、ほうれん草もどきをくたくたにゆでたやつしかないんです」

「まあ、確かにおいしいとは言いがたいですが。食べないとだめですよ」

「はい。でも、まずい」

ああ、と、深井は嘆く。

「今日から筋トレしようと思ったのになあ」

「筋トレ？」

「もっと筋肉をつけたいんです。五十嵐さん、そういう人が好きなんですよね」

薄ぼんやりと彼を見上げる。彼はたまらないというように、口元を緩めていた。ああ、笑ってくれた。五十嵐が笑いかけてくれると、自分は、自分の中のかけらは、嬉しくなってしまう。それを止めることができない。彼が深井の頬《ほお》に手をやった。

「そんなことをしなくたって、あなたは……」

言葉が甘く響く。

あなたは？　あなたはなに？　その続きが知りたい。もっとさわって欲しい。頬にある、五十嵐の手がうごめいている。ぞくぞくと胸のうちにあるかけらが震える。だめ。声を出してはだめだ。彼が我に返ってしまう。この時間が終わってしまう。だが、とうとう、心地よさのあまり、唇から「ふ」と声を漏《も》らしてしまった。

とたんに五十嵐は、熱いものにふれたように、慌てて指を引いた。彼は顔を引き締める。

「ちゃんと出勤してくれないと、スタッフにしめしがつきませんよ」

そう言った声は厳しいものだった。

彼が部屋を出て行く。ああ、行ってしまうのかとぼんやりと足音を聞いている。隣室に入った彼は、壁になにかを投げつけた。

自分も、そうしたい気分だった。

五十嵐は、引いていると思うと寄っている。寄り添おうとすると退《しりぞ》いてしまう。深井にとって五十嵐との間は、まるで浜辺での波との攻防のようだった。


その翌日。

「深井さん」

事務室で夕方、五十嵐ににこりともしない表情で呼びかけられて、深井は飛び上がりそうになった。

「え、え。なんですか?」

「今日はホテルに帰らずに、残って下さい」

「残業ですか」

だったら、今さら言われなくても毎日残っている。

「いいから、残って下さい」

ロージーが気遣わしげにこちらを見ていた。それほどに五十嵐の声音は相手を寄せ付けない、とりつく島のないものだったのだ。深井は改めて昨日のカルーアミルクに酔っての失態を後悔する。ズーファラの宗教では、酒は「悪魔の水」だとか。まったくもって同感だ。

ところが、定時になると、五十嵐は事務室を出て行ってしまった。

「え……」

まさか、忘れ去られているのでは。昨日の仕返しをしようとしているのでは。いろいろ考えてしまうけれど、いやいや、五十嵐はそんな男ではない。残れと言われたのだから、残るだけだ。

現地スタッフは帰ってしまったし、高木が郊外の倉庫に行ってしまっているので、話し相手がいない。

退屈になって、ショールームに行ってみた。

客間のコーナーでは、中央に大きな木のテーブルがあり、壁紙は立体的で花の模様が浮き立つようだった。くつろげるように、あちこちにソファが置かれている。いくつかのソファに座って、自分の一番のお気に入りを決めた。

次には子供部屋に行ってみる。ここの空と同じ、青い色の壁紙がさわやかだ。天井近くには雲がある。そういえば、この国に来てから、雲を見ていないことに深井は気がついた。ふわふわの雲。真綿のように柔らかそう。

婦人部屋の壁紙は薔薇の模様。ズーファラの女性はあんなに黒ずくめなのに、部屋の模様は派手だなあ、なんて感想を持つ。婦人部屋にはソファはなくて、断熱素材の木のパネルの上に絨毯が敷かれていた。

そして、ショールームのキッチン。鍋やへらが壁にかけられていて、ここは実際に料理を作れるようになっている。床は一見普通の木の床に見えるけれど、水拭きをするだけできれいになる素材だ。壁は、身長の高さまではタイル柄の壁紙で、それから上は明るい黄土色の漆喰で塗られている。小さめのテーブルと椅子のセットも置かれていて、少人数であれば食事ができるようになっていた。椅子のひとつに、深井は腰をかけた。

「なんか、落ち着くなあ、ここ」

このショールームは建物内にあるのだが、まるで人の家にお邪魔したような気がする。

そういえば、夕ごはんの時間だ。なにを食べようかと悩む。正確には、なんだったら入るだろう、だ。ズーファラのパンは薄く柔らかく、パンケーキみたいで好きだ。蜂蜜《はちみつ》やバターを垂らすとよけいにおいしい。けれど、ひとはパンだけでは生きていけない。

と、ショールームのキッチンのドアが開いて、五十嵐が入ってきた。

「こちらにいらしたんですね。帰ってしまったのかと思いました」

「帰りませんよ。五十嵐さんが残っているようにっておっしゃったのに。……——なんですか、それは」

聞いたのは、彼が両手に買い物袋を提げていたからだった。知らない店のロゴがついている。

おおまじめな顔で、彼は宣言した。

「チキンカレーを作ります」

「カレー?」

わけがわからないでいると、シンクの上に材料を出し始めた。にんじん、たまねぎ、じゃがいも、鶏肉。そしてカレールウに米。水のボトルが何本か。

野菜はぴかぴかだった。しなびてもいないし、黒ずんでもいない。

「立派な野菜だあ……」

この国に、こんな野菜があったことに感激する。

「通り向こうのスーパーでは、ヨーロッパからの輸入野菜を扱っているんです」

「高かったんじゃないですか。あ、これ、日本米だ」

どうやって炊くのかと思っていたが、五十嵐は鍋をおろしている。それで炊くつもりらしい。

もしかして五十嵐は、自分のために作ってくれようとしているのだろうか。昨日あんなわがままを言った自分のために。言ってみるものだと心の中でガッツポーズをする。

チキンカレーはもちろん楽しみだ。

だが、五十嵐にかまってもらえるのが、彼が自分のためにカレーを作ると言ってくれたのが、小躍りしたいほどに嬉しかった。

「お手伝いしましょうか」

声をかけるが、「いいです」とにべもなく断られてしまう。

彼はとっとと水を量って浸水し始めていた。エプロンまで着けている。やることがないので彼のすることをテーブルについて見ていた。

こういうの、久しぶりだなあ。昔、まだ、本当の父親が生きていた頃。小学生のとき。当時はまだ、時間の余裕があったから、母親が毎日ごはんを作ってくれていた。テレビを見ながらその背中を見るのが好きだった。

深井は五十嵐に話しかける。

「カレールウってこちらでも売ってるんですね。意外でした。ズーファラで食べるカレーはインド風のばかりだったので、スパイスしか売ってないと思い込んでました」

「このルウは日本のメーカーのものですよ。中東向けに輸出しているんです。普通の日本のルウとだいたい同じです。ただ、こちらの宗教を考慮して動物由来のものは入っていません。野菜のだしだけで作ってます」

「なるほど」

彼は鶏肉を取り出した。ぶつ切りにしてヨーグルトにつけている。

「ヨーグルトに肉をつけると柔らかさとうまみが増すんです。深井さん、野菜の大きさはどのくらいがいいですか」

「えっと、大きめで。じゃがいもがごろごろしているようなカレーが好きです」

「わかりました。ほんとはサラダもつけたいところですが」

「サラダ！」

しゃきしゃきした歯ごたえのキュウリとかレタスとか。そういったものに久しくお目にかかっていない。

「ですが、残念ながら、生ものを口にするのはさすがに恐いので」

「ですよね」

「知ってました？　こちらの卵の賞味期限」

「卵？　生卵は絶対に食べるなとみんなに言い含められましたけど」

「加熱しても恐いですね。賞味期限が三ヶ月ほどありますので」

「三ヶ月⁉」

深井の知っている卵の賞味期限は、せいぜい二週間程度だ。どんなマジックを使っているのか、知りたいような知りたくないような。

ご飯の浸水時間が終わり、炊き始める。カレーの肉や野菜も煮られてルウを割り入れられて、カレーの匂いが漂ってきた。

何日ぶりかに、おなかがきゅうきゅうと鳴って、切ないほどに空腹を訴えてきた。

カレーができあがる。皿に盛られて、スプーンを添えられる。

五十嵐も一緒にテーブルについた。

いつもインドカレーはさらさらして、一緒についてくるのはナンだけれど、目の前にあるカレーはとろりとしたルウにじゃがいもとにんじんとたまねぎと鶏肉がごろごろ入っていて、ご飯は炊きたてでぴかぴかだ。

「いただきます」

口に入れるとご飯が粘って、噛《か》みしめると米の味がして、そこにカレーの風味が重なって
……――ああもう、とにかくおいしい。じわっと涙がこみ上げてきた。

「え、大丈夫ですか？　深井さん」

「なにがですか？」

「下を向いてしまったから。……――もしかして、辛《から》かったですか？」

「違います。おいしすぎて、泣きそうなんです。でも、泣いたら味が変わっちゃいそうで、がまんしてたんです」

「なんだ」

ふっと五十嵐が頬を緩める。

「まだありますから、食べてください」

「はい！」

言いながら、既視感が訪れてくる。

そうか。二年前、あのファミレスで食事をしたときと同じ位置だ。こんな感じで、二人きりで、向かい合って食べていた。

それを彼も思いだしているのだろうか。そうだといいと深井は願う。

「あなたが」

小声で彼が言った。

「深井さんが、弱っていくのを見るのが、俺にはとてもつらいんです」

今なら。いまこのときなら、言えるのではないか。そしてはっきりできるのではないだろうか。あのときの一夜がなんだったのか。その答えを聞けさえしたら、自分は。

「あの」

スプーンを片手に深井は言いかけた。

五十嵐がこちらを見る。

なにを言いたいのか、きっとわかった。彼は遮らなかった。

今、このとき、この機会なら。彼は答えてくれる。ほんとうのことを話してくれる。そう深井は確信した。

「五十嵐さん。二年前……」

だが、その問いが発せられるまえに、キッチンのドアが開いた。

「あー、俺に内緒でいいもん食べてるー」

そう言いながら、高木が入ってきた。

「なにが内緒ですか。出先からショールームに来るように言ったでしょう」

五十嵐は立ち上がって、彼のぶんのカレーをよそってやっている。

「あー、それがさあ。もう、参っちゃったよ。在庫管理がいい加減でさあ。あしたあしたっていつになったら在庫表が完成するんだか」

深井のカレースプーンを握りしめている手が震えてきそうだった。

だめだ。もう、五十嵐は話してくれない。自分の二杯目のカレーをよそっている。そういう雰囲気ではない。

高木は、席につくと一口食べて「うまい」と感嘆の声をあげる。

うまいに決まっている。人の気も知らないで、この、のんき者が。

「五十嵐さんって、料理する人なんだ」

「ボーイスカウトに入っていたので、鍋で飯を炊くのとカレーだけは得意です」

「鶏肉の皮がないぞ」

「俺が苦手なので捨てました」

「もったいねー。あれ、かりかりにしてポン酢で食べるとうまいのに」

「残念ながらポン酢がないですね」

会話が弾んでいる。この二人は、仲がいいのか悪いのか。

なんてことだろう。そういえば、会議室で接客研修をしていた頃、やっぱり五十嵐に聞こうとしたタイミングで高木が入ってきた。どこかで盗聴していて、ここぞというときに邪魔しに来てるんじゃないのだろうかと邪推してしまう。

またキッチンのドアが開いた。三人して振り返る。

そこには、なんとロージーがいた。

「えっ」

日本人組三人も驚いたが、ロージーのほうも驚いている。

「忘れ物ですか？」

深井が話しかけると、かぶり布を深くして答えた。

「私、深井さんが五十嵐さんに怒られているのかと思って。いじめないようにお願いしようとしたの」

高木が吹き出す。五十嵐は憮然《ぶぜん》とした表情になる。

「私が、そんなに深井さんに意地悪しているように見えますか」

「あ、そんなことは」

そう言ったのは深井だけで、高木とロージーはうなずいている。それから、ロージーの目は深井の手元に集中した。

「それは、なんですか？」

「これは、日本式のカレーです」

「日本のカレー！　三毛丸がよく食べてるのですね」

確かに三毛丸は、猫のくせにカレーが大好物だ。

「食べてみます？　鶏肉で豚の成分が入っていないから、平気ですよ？」

五十嵐に言われて、ロージーはぱっと顔を輝かせた。深井は彼女のためにテーブルの椅子を隅に寄せ、隣室の客間スペースから花瓶を置いてあった台と衝立《ついたて》を持ってきた。

「見ないですから、ゆっくり食べてください」

「ありがとう」

彼女が衝立の向こうで、いそいそと食べ始めた気配がする。深井は声をかける。

「どうですか？　辛くない？」

「辛くないです。おいしいです！」


カレーを食べたあと、ロージーは作り方を詳しく五十嵐に聞き、上機嫌で帰って行った。そのあと、三人して皿や鍋を片付けた。オオバクロスの壁と床は、はねたカレーもすぐに落ちて、優秀さに感心する。そうして深井が床を拭いているときだった。水がシンクの下から一筋、流れてきたのに気がついた。

「ん？」

深井は急いでシンク下のドアをあけてみる。上水のパイプの継ぎ目から、雫がしたたり落ちていた。

「まずい。目地剤が入ってないんで、水漏れしてます。ここに来る上水の元栓を閉じてもらえますか」

「俺、守衛さんに言ってくるわ」

高木が出て行く。

「深井さん。まずいことになりましたね。高木さんじゃないですが、水道屋を呼んだとしても、あしたあしたで、いつになったら来てくれることか」

五十嵐が困り顔になっている。

「でも、上水でよかったですよ。これが排水のほうだったら、いくら汚れ落ちがいいと言っても、シミや匂いが残ってしまったかもしれません」

深井は背広を脱いで椅子の背にかけると、腕まくりした。

「ティッシュをもらえますか。できたら一箱」

「どうするんですか」

「それで継ぎ目をぬぐって完全に乾かしてから目地剤でコーキングします。たぶん、この工事をしたひとはあとでやろうとして、忘れたんじゃないでしょうか。ほら。ここにコーキングガンがあります」

シンク下から、目地剤を入れるための押し出し器を取り出す。大きめな水鉄砲のような形だが、水の代わりにコーキング剤が出るようになっている。

「やったこと、あるんですか?」

「まかせてください」

深井は請け負う。

「俺、以前いた工務店ではよく現場の手伝いに駆りだされてましたから。今の会社の塗装研修も実践コースまで受けてますし、うちのメーカーのものなら、たとえこちらの言葉で書いてあってもわかります」

マスキングテープが見当たらなかったので、事務室のセロハンテープを腕に貼ってはがして粘着力を落とし、代わりにした。

「これは速乾性のコーキング剤なので、三十分もあったら乾きます」

何年かぶりの充塡《じゅうてん》だったが、手がきちんと覚えていた。かっちりと隙間《すきま》をコーキングすることができ、三十分後に水を流しても漏れる気配はなかった。

「今度職人さんが来たら、コーキングガンを返してあげてくださいね」

そう言って、立ち上がると、ぱちぱちと五十嵐と高木が拍手をしてくれた。高木が褒めてくれる。

「意外な特技を見たな。男らしかったぞ、深井さん」

「あんまりいい思い出のない会社でしたけど、こういうときに役に立ったからよかったですね」

とうとう聞けなかった。絶好の機会だったのに。深井の胸の中は依然としてもやついていた。しかたない。いつか聞けることもある。そのときまでこのかけらは、不鮮明で中途半端なまま、持ち続けていくしかない。

そして大切なこと。今日、初めて自分にしかできないことをした。ほんのわずか、五十嵐に借りを返せた。少なくとも、そう思えた。

すべて返せたそのときには、自分はどんな心境になっているのだろう。できるかどうかもわからないのに、その日を待ち望んでしまう。

ショールームのオープンはいよいよだ。

「人がたくさん来ますように」

そう深井は祈った。

そしてショールームはオープンした。

人は来た。そこそこには来た。

「あー、人がいっぱい来るのだけじゃなく、売り上げアップもお願いして欲しかったなー」

高木が嘆く。それも無理はない。

来客数は当初の予定を上回っている。見ている限り、接客にも問題はない。こちらの文化にあわせて、男性には男性の、女性には女性のスタッフがついている。

「商談の成功率がなー。この倍を見込んでたんだけど」

「だんだん増えていくとか、ないですかね」

「要因がないだろ」

事務室で売り上げ数値を見ていると、五十嵐も渋い顔をしている。

人は来るのだが、なかなか商談がまとまらない。スタッフが話しかけても、また今度と逃げるように去ってしまう。

ショールームを見に行くと、また一組の夫婦が帰るところだった。

「立ち上げのときには、サクラを使ってでも、ある程度の数字を出さないとまずいんだよな。士気にかかわってくるから」

高木が嘆く。

「西脇さんもそう言ってました」

思ったよりも商談が成立しないと持ちかけたら、「ちっとあがいてみろ。落ち込み癖がつくとまずい。自分たちはだめだという負け犬根性にやられるからな」とアドバイスを受けた。

ショールームの閉店後に、日本勢三人して緊急に会議を開く。

事務室で深井は書類をめくりながら、必死に要因を考えていた。

「何がいけないんですかね。去年の一月に企業向けコンベンションに参加したときにはすごくいい数字を出しているのに。いくらなんでもこの商談成功率はあり得ないと思うんですよ」

来客の人数、家族構成、年収。アンケートの結果を見ても、ポイントが浮かび上がってこない。

「企業向けと個人向けの差ってなんでしょう。目標値は決して無理じゃないと思うんですけど、なんで契約が決まらないんでしょう。俺たちのなにがいけないのかな。興味がなかったら来ないですよね。お客様の言動を見ていると、購買に繋がってもよさそうなものなのに、どうしてなんだろう」

五十嵐と高木は黙って深井を見ていた。テーブルにのっているのは、ここらの人がよく飲むミントティーだ。しゃべりすぎて喉《のど》が渇いた深井は、ごくりと飲んでから二人を見返す。

「え、なんですか?」

「深井さん、粘るなあって思って」

そう言われて、深井はきっ、と高木を見た。

「だって、皆さんが作り上げたKIWAMI《キワミ》ブランドですよ。俺は、このショールームにいるとなごみます。これはいいものです。売れないわけがないです。なにか、どこかが違うんですよ」

「んー、俺、ちょっと煙草《たばこ》吸ってくるわ」

高木が退席したあとも、深井は考え続けていた。ほんのちょっとのことだ。きっと、どこかで掛け違えているのだ。

「意外です」

「え、なんですか？」

五十嵐の言葉に聞き返す。

「いいえ、西脇さんのピンチヒッターである深井さんが、このプロジェクトにこんなに熱心になってくれるとは思っていなかったもので」

なにを、言っているのだろう。

「だって、五十嵐さんがやってみたかったことでしょう？」

深井の言葉は、五十嵐を驚かせたようだった。

「俺が？」

「そうですよ？」

「別に、俺は、そういうことは、特には。このプロジェクトに配置換えになったのも、たまたまでしたし」

深井は怪訝《けげん》な顔になる。

「そんなこと、ないでしょう。俺が前の会社にいたときに、五十嵐さんはとても熱心に、壁紙のことを教えてくれましたよ。俺の好きな柄とか、浮き出し模様とか、ウィルスを吸い取る新製品とか。そういう話をしてるとき、生き生きして見えました」

「あれは」

五十嵐は虚を突かれたようだった。なんと、彼は顔を赤らめた。

「え、え？」

自分の発言のどこに、彼が顔を赤らめる要素があったのだろう。

「口実みたいなものだったから」

「口実？　なんの？」

「だが、言われてみればそうですね。確かにうちの社の製品を知ることは嫌いではなかった」

「そうですよ。五十嵐さんほど、ここの立ち上げに適した人はいません。西脇さんも五十嵐さんに期待しているって言ってましたよ」

「ほんとですか」

「はい。西脇さんにいい話を持って帰りたいですね」

「そうですね」

自分のデスクにミントティーを置こうとしたときに、見慣れない封筒に気がついた。きれいな薄紫の封筒だ。あけてみると、カードが入っていた。

「あ、ロージーからだ」

高木がここにいたら、ラブレターかとからかわれたことだろう。そうではなく、自宅へのお誘いだ。子供二人からの直筆のカードが入っている。描かれているのは三毛丸で、ズーファラ風の円筒形の刺繍帽をかぶっているのがおかしかった。

「俺、今度の休みにロージーのおうちの昼ごはんに招待されました」

「そうですか。よかったですね。どこですか」

住所を言うと、五十嵐はノートパソコンで検索をかけ、手を止めた。

「タクシーで行けばいいでしょうか」

「ここだとタクシーステーションから遠いので、行きはいいですが、帰り、来てくれるかどうか。来るとしてもけっこう時間がかかりそうですね。バスなら近くを通ってますが……」

「じゃ、バスで行きます」

五十嵐がぎょっとしたように深井を見た。

「バスに乗るつもりなんですか」

「乗りますよ？」

だってバスだろう。バスは、乗るためにあるんじゃないのか。

五十嵐がこめかみに指を当てて、考え込んでいる。難しい顔になってしまっていた。

「深井さん。俺は何度かここの街に訪れて、バスに乗ったことがあります。深井さんはないですよね？」

「はい」

「一度、乗ってみたらわかると思います。今日、これから行ってみますか」

ホテルとショールームの往復ばかりで、夜に街に出るのは初めてだった。ショールームのある通りからわずか三本ほど外れただけで、そこには違った景色が広がっている。建物がくすんでいる。駐車場がない。他国の国旗がひるがえり、この国では原則禁止されているアルコールが供されている。いつも見ている民族服の白いドレスのような長衣ではなくTシャツとジーンズ姿が目立つ。タンクトップの女性の姿さえあった。日本にいたときには見慣れていたはずなのに、その肌の露出度にどぎまぎしてしまう。

「バス停はこっちです」

四角い看板のようなものが立っているところに案内された。すでに何人か人が立っている。女性は一人もいない。日本人が珍しいのか、深井たちが並ぶと、こちらをじろじろと見ていた。

「時刻表は当てになりませんから、行き先表示を見て乗ってください」

「バスの番号とか、ないんですか」

それならなんとか解読できる自信がある。しかし、つれなく五十嵐は言った。

「ないですね。残念ながら」

白い車体に青いラインの入ったバスが近づいてきた。大きなクラクションが鳴らされる。

並んでいた人のうち、何人かがぞろぞろと乗り込んでいく。

「俺たちも乗りますか？」

五十嵐が聞いてくる。

「え、じゃあ、乗ります」

入り口で五十嵐が金を払ってくれて、バスに乗り込む。車内にも女性はいない。民族服もごくわずかだ。みなにじろじろ見られて、身がすくむ。こちらでは、じっと見たらいけないと教わらないのだろうか。

中は混雑していたが、深井はかろうじてつり革に摑まることができた。

「このバスは日本車を改造してますね。バスとトラックには日本車が多いんですよ。故障が少ないんだそうです」

「そうなんですか。うあ……！」

悲鳴をあげたのは、尻を撫《な》でられた気がしたからだった。

「どうしました？」

「あの、いえ」

背後を見てみるが、人がたくさんいて、いったい誰がそんなことをしたのかわからない。たまたまかもしれない。つり革を握り直して、五十嵐との会話を続けようとして、また声をあげる。

「うひっ！」

今度は間違えようがない。背広をくぐってシャツをめくられ中に手を入れられた。それも一人ではなく、数人に。

身体中総毛立って、必死に身を捩《ねじ》る。

「なんで。なんでー？」

五十嵐にしがみつく、彼もとうとう何が起こったのか悟ったらしく、深井の身体を抱きかかえると周囲を睥睨《へいげい》し始めた。そこに至ってようやく手が引かれ始める。次のバス停で早々に降りて、歩道でうずくまる。目の前にはズーファラの寺院があってドーム型の屋根がライトアップされ、自分たちを見つめていた。

「こ、恐い。バス恐い」

見知らぬ男にさわられた感触の気持ち悪さがまだ身体に残っている。早くホテルに帰って身体を洗ってしまいたい。

「この国である程度の収入のある人はみんな車を持っています。バスに乗るのは出稼ぎや労働者階級ですね。お金がないと結婚できませんし、この国ではポルノや売春は法律で禁じられてますから、性的な欲求がたまってるんでしょうね」

「恐かった」

「心配はしていたんですが、俺もこれほどとは。深井さん、髭を生やしたほうがいいんじゃないですか。ああ……」

五十嵐が口元を緩めた。

「髭は、まばらにしか生えないんでしたね」

言ってからしまったという顔になる。彼の前で髭面になったのはただ一度だ。

ゴホンと、と彼は咳払いをした。

「これでも、バスで行くつもりなんですか？」

ぶんぶんと激しく頭《かぶり》を振る。でも。

「あーもう、ロージーがせっかく誘ってくれたのに。がっかりだなあ。可愛い招待状までくれたのに」

この機会を逃したら、彼女の家に行くことはないだろう。この中東の国で、縁ある人の家に行く機会なのに。一期一会、なのに。

「なんだよう」

五十嵐はそんな深井をじっと見ていたが、言いだした。

「もしよかったら、送っていきましょうか」

「え」

座った姿勢から彼を見上げる。

——弱っているあなたを見ることが、俺には耐えられない。

そう彼は言っていた。

「でも」

「国際免許を取っていますし、何度かこっちで運転しています。レンタカーを借りれば送っていけますよ」

深井は立ち上がる。

「あ、じゃあ、五十嵐さんも。五十嵐さんも一緒に行きましょう。彼女のうちに。ロージーに話してみます」


日本の冬はズーファラの春。もっとも温暖で過ごしやすい季節だ。

五十嵐の運転するレンタカーは、市街地から高速道路を通り、灌木《かんぼく》の茂みを抜けていく。

五十嵐と二人でドライブだ。

深井は自分が上機嫌になっていることを自覚する。心なしか、五十嵐の物腰も柔らかい。

彼がなにも話さなくても、態度や雰囲気で感情が丸わかりになる。存外に隠しごとのできないタイプなのだ。

ロージーの家は、ショールームのあるズーファラ市街地から車で三十分ほど行ったところにあった。日干し煉瓦を積んで作った塀が続く。門が見えてきた。彼女の家は、深井が想像したより遥かに立派で、屋敷とさえ言える大きさだった。教えられた携帯番号に電話すると、門が自動で開く。

何本もの柱の連なる彼女の家は、自分たちが逗留しているホテルのつくりによく似ていた。いや、ホテルのほうが似せて作っているのか。

「いらっしゃい。深井さん、五十嵐さん」

いつものように黒い服のロージーと民族服に刺繡帽の彼女の夫、そして二人の子供が出迎えてくれた。子供二人は女の子と男の子で、子供ながらにきちんとホールケーキのような帽子と、黒いスカーフをかぶっている。

「招待状をありがとう」

そう言うと照れた。はにかんだ笑顔が愛らしい。

子供たちはまだあまり英語がうまくないので、五十嵐に通訳してもらう。彼がいてくれて助かった。

「ここは母の家だったけれど、結婚して子供ができたときに譲ってもらったのよ」

「へえ」

女系社会だと聞いていたが、ほんとうなんだなと深井は改めて認識した。

「だって、子供を育てるのは女たちでしょう。きちんとした家がないと困るじゃない」

自分の家だからだろう。ロージーはリラックスしてよくしゃべる。

家の中は広々としていて、いくつも部屋がある。中庭には噴水まであった。ほかの家と一続きになっていて、そこには親や姉妹、親族が住んでいるのだという。

「ねえ、二階の部屋にこの人たちを招待してもいいでしょう？」

ロージーのおねだりに、彼女の夫が逡巡《しゅんじゅん》している。

「きみの客人はまだ少年だからいいが、そちらの男はだめだ」

いや、少年って言われても。自分はたぶん、彼とあまり年が変わらないと思うのだが。

「大丈夫よ。彼は女性に興味のない人だって高木さんが言ってたわ」

「へえええ。そうなんだ。ハンサムなのにもったいない」

高木はここでも五十嵐の性的指向をいいふらしているらしい。五十嵐はむっとした顔をしていたが、ロージーの夫の無遠慮な視線に耐えた。

「じゃあ、いいよ。二階に上がっても」


二階に上がり、ドアをあける。

部屋には、ロージーがつけているのと同じ、薔薇の香りが満ちていた。壁紙はピンク、緑、オレンジ色の細密な柄で、高くとられた窓からは明るい光が入ってくる。ソファと絨毯。そのどちらにも、華やかな服装の女性たちがたくさんいた。若いのも年取ったのも、恰幅《かっぷく》のいいのも、痩《や》せたのも。女たちは、耳に腕に、きらきら輝く飾りをつけて、その長いまつげに縁取られた黒い目で興味深げにこちらを見つめてくる。久しぶりに見る美しい色合いの服の洪水に、まぶしささえ感じるほどだった。

「おとなの男の人でここに入ったのはふたりが初めてなのよ」

そう言って、ロージーも黒い服を脱いだ。下にはこのズーファラの空のように鮮やかな、青いドレスを着ていた。

「よく似合ってる。すごくきれいだ」

深井が感嘆して言うと、ロージーははにかんだ笑みを浮かべた。

彼女の豊かな髪はつややかで、ゆるくウェーブを描いており、細工物の真珠の髪飾りが映えている。

「こちらが、うちの会社の同僚の深井さんと五十嵐さん」

紹介すると、室内の女たちはじりじりと寄ってきた。

「それから、こっちは私の母とおばあちゃんと、妹たちと、弟のお嫁さんと、叔母《おば》と従姉妹《いとこ》と幼なじみと旅先で会った人と知り合いの知り合いと……。とにかく、親しい人たち」

老婆がひょいひょいと近寄ってくると、深井の顔を覗《のぞ》き込んできた。

「あんたは、いくつなんだい」

正直に年齢を答えると、彼女は枯れた指を伸ばして深井の頬を何度も撫でてきた。

「髭はどうしたんだい？」

「剃《そ》りました。けど、元々あまり生えないたちなんですよ」

「あんたは歌を歌う人なのかい」

聞かれて、きょとんとする。歌を歌う？　カラオケに行ったことならあるけれど、どこかの国のボーカルと間違えているのだろうか。

おばあちゃん、失礼でしょ、とロージーがたしなめたようだった。

五十嵐が解説してくれた。

「ここらの楽師は女性の披露宴などで歌い踊ります。多くはその……——宦官《かんがん》というか、ペニスを切り落としてます」

「ち、違いますよ。俺、ちゃんとあります！」

それを五十嵐が通訳したので、女たちは大笑いした。

なんだか、思っていたのと違うなあ。

女性たちは絨毯の上で寝そべったり、ミントティーを飲んだり、お菓子をつまんだり。とてもリラックスしている。自分たちも初めて来たところなのに、あぐらを掻いて座り、くつろぎ始めていた。

ズーファラの宗教だと一夫多妻だし、女性はあんな黒ずくめだし、男尊女卑だと思っていた。けれど、そうじゃないんじゃないかな。

「男の人は誘惑に弱いから、悪魔に誘われないように私たちのほうで顔や身体を隠してあげないと」

そう言われて、納得する。バスの中、こんな自分にさえ髭がないだけでさわってくるほどの欲求不満の中に、きれいな女性がいたらなんて、予想しただけでも「そんなのだめだ」と叫びたくなる。

「映画館や美術館でも、女性だけの日があるのよ。そういうときには窮屈なかぶり布を脱いで、思い切り楽しむの」

「へー、そうなんだ。俺はまた、一夫多妻だから男のほうがいばっているんだとばかり思ってた」

「一夫多妻なんて、いまどき流行《はや》らないわよ。そんなことしたら離婚だわ」

離婚。そんなにあっけらかんと。

「離婚できるんですか。女性のほうから」

「できるわよ。多いわよ、離婚する人」

ズーファラの宗教では、人は弱いものとされている。永遠の愛を誓ってもうつろうときがある。そのため、結婚するときに離婚金を、役所に供託しなくてはならない。

額を聞いて深井は驚く。日本円に直すと、だいたい一千万くらいなのだ。

「それは離婚するときに女性に支払われるの。女性は子供を育てるから、お金がいるもの。

それで商売を始めたり、生活費に充てたりするわけ。家は女のものだし、教育は大学まで無料ですもの。だから、我慢しないで離婚してしまうのよ」

「へえ。合理的ですね。日本だと離婚のことまで考えて結婚する人はあまりいないんじゃないかな」

深井がふっとそんなことを言ったら、彼女たちはぐぐっと輪を狭めてきた。

「じゃあ、離婚しないの？　一生添い遂げるの？」

「いや、しますよ。する人はします」

「争いにならないの？」

「なります、なります。財産をどうするかとか、子供をどっちが養育するかとか。調停や、裁判になるときもあります」

「最初から決めておけばいいのに」

「結婚するときには一応、永遠を誓う、みたいな？　離婚するときのことを口にしたら縁起が悪いと言われると思いますね」

「エンギってなに？」

「えーっと、えーっと、言葉にするとそうなってしまうかもしれないから、はっきり言わない、みたいな」

矢継ぎ早の質問を、五十嵐が通訳してくれた。彼がいてくれて助かった。こんなに話をすることになるとは思わなかった。

「日本には、五十嵐さんのように女性に興味ない人がいっぱいいるの？」

今度は当の五十嵐に質問の矢が行ってしまった。

女性同士は仲がいい。姉妹と思うと従姉妹だったり、従姉妹と思うと友人だったり。きゃあきゃあ言いながら歌ったり笑ったり。花崎から聞いている、女子校ってこんな雰囲気じゃないのかなあ。

「あれ？」

もしかして自分が呼ばれたのは、余興のひとつだったりするのかもしれない。

だけど、ロージーがにっこり笑ってこちらを見ていて、とても楽しそうだから、「まあ、いいか」と思ってしまう。彼女の役に立ったのなら。

一緒に来させられた上、通訳やら女性たちの遠慮ない視線や質問にさらされている五十嵐には申し訳ないけれど。

やがて階下から、「食事の支度ができた」と呼ばれた。それを聞いた女たちはまた、黒い服をまとい始める。頭まできっちりと布で覆われた服だ。お揃《そろ》いのカラスみたいになる。だけど深井は知ってしまった。この無表情でおとなしいカラスたちの中身は、カラフルで好奇心旺盛でおしゃべりが好きだっていうことを。

階段をおりて客間に行く。

緑を基調とした部屋には、ショールームのコーナーにあるような、大きなテーブルがあった。広いテーブルの上にたくさんのごちそうが並んでいる。男の人たちが給仕をしていた。女たちは席に着くと、遠慮なく食べ始める。

「このパン、おいしいですね」

「夫が作ったのよ。彼はパン作りの名人だわ」

ロージーはだんなさんととても仲がよさそうだった。

「遠慮なく食べてくれ」

政府の高官と聞いているロージーの夫は、やはり立派な髭を生やしていた。

「今日はお招き、ありがとうございます」

「堅苦しいことは抜きにしよう。遠い国から来たのだろう？　客人をもてなすのはいいことだと、ズーファラの神はおっしゃっている。さあ、日本の話を聞かせてくれ。日本と言えば車と電化製品とアニメだが、深井さんは車はなにをお持ちかな」

こちらもまた、好奇心に満ちた目を向けてくる。

「俺は車は持っていません。東京都内で駐車場を借りようとすると、とても高いんですよ。だからほかの社員は電車で、俺は自転車で通勤しています」

「自転車！」

彼は驚嘆したようだった。

「日本はこちらより涼しいですし、裏道を通っていけるので、そのほうが早かったりするんです。雨が降ると電車ですけどね」

「そうか。日本は雨がしょっちゅう降るのだったな。ズーファラでは、まとまった雨は一年に一度あればいいほうだ。排水を考えていないので雨が降ると道が通行止めになったり、崩れたりする。何日も前からニュースになって、その日は会社も役所も学校も休みになるのだよ」

「日本の大型台風みたいですねえ」

そう言いながら、窓から庭を眺めると、やはりズーファラは今日も快晴なのだった。雲ひとつない。

「深井さん、こっちの魚、香草塩焼きでおいしいですよ」

五十嵐が魚をとってくれた。

「魚は久しぶりだから、たくさん食べるといいですよ」

ロージーがくすくすと笑う。

「五十嵐さんって深井さんのお兄さんみたい。なにかと世話を焼いてくれるのね」

やはりそう見えるのかと、半分嬉しさと、半分情けなさに複雑な心境になる。

「そうなんですよね。俺、迷惑をかけっぱなしで」

「そんなことはないだろう」

会話を聞いていたらしく、正面の席からそう言った男はハンサムで、星のような目をしていた。彫りが深く、優雅なしぐさ。そしてマッチョ。五十嵐の好みのタイプだと横を向くが、彼はまったく気にしているそぶりはなく、熱心に深井のために魚の骨を取っていた。

ロージーが紹介してくれた。

「こちら、詩人を目指しているうちの弟よ」

「弟さん……」

そういえば大学生の弟さんがいると聞いたことがある。

「僕らの宗教では、すべてのものには意味があるんだよ。きみのいることにも意味があり、彼がいることにも意味がある。すべてが関わり合い、ともに生きていくんだ」

「意味がある……」

食事が終わると、今度はロージーの子供たちの番だった。

「カイテー。カイテー」

日本語でせがんでくる。

「ミケマル！　カイテー！」

「三毛丸ならなんとか」

ロージーいわく。

「この国では一年のほとんどが夏よ。その間は外に出ないで家の中で過ごすことが多いわ。だから子供たちはアニメやゲームが大好きなの。特に日本のものがね」

「へえ」

ここに描いてというのだろう。二人はノートと色鉛筆を持ってきた。目がきらきらしている。

「いいですよ」

さらさらと、まずは男の子のスケッチブックに三毛丸とぶち丸を描く。

所在なさげにしている五十嵐に、そうっと女の子がスケッチブックを差し出した。

「俺は、絵は苦手で……」

彼女の顔がみるみる曇る。

「いや、あの」

「五十嵐さん、おとなげないですよ。描いてあげたら」

「ほんとに苦手なんですけど」

深井と彼女の懇願に負けたかのように、五十嵐はスケッチブックを受け取った。知りませんよ、と言いながら、うんうん唸《うな》っている。

深井が五枚ほどを描ききった頃、彼の絵も完成したらしい。どんな絵を描いたのか。覗き込んだ深井と女の子の表情が固まった。

「え?」

なんだろう。彼は三毛丸のガールフレンド、白猫の白雪を描いていたはずだ。

「これは……猫？」

それにしては輪郭が歪《ゆが》んでいる。さらに目が恐い。白目を剝《む》いているのだ。どろりとした目がこちらを見ている。輪郭を取り直そうとしたのか、線を何本か引き直しているのだが、それが負のオーラに見えた。にやりと笑う口元が赤いのが、まがまがしい。

女の子が泣き出しそうだ。

「あの」

なにか言わないと。

「なんとかしようという気持ちだけは、とてもよく伝わってきます。……でも、五十嵐さん、なんでもできそうなのに……」

つぶやく言葉が途切れてしまう。彼が「画伯」だとは思わなかった。

「絵は苦手なんです。だからいやだったんですよ」

深井は五十嵐の絵をスケッチブックのリングから外す。

「じゃあ、今度はお兄さんが、白雪を描いてあげるからね。三毛丸と緑の野原にピクニックに行くんだよ。ピクニックに行ったことはあるかな？」

こんなところで子供相手のデモンストレーションが役に立つとは思わなかった。さっきロージーの弟さんはすべては関わり合い、意味があると言っていたっけ。

「そう、野原には花が咲いている。薔薇やコスモス。コスモスは知ってる？」

子供たちに話しかけながら、スケッチブックに手早く絵を描き始める。

「三毛丸と白雪！」

女の子の機嫌は直り、今度は白雪にドレスを着せてくれとリクエストが来た。女の子はドレスが大好きだ。服のふんわり感を出すまでにはかなり練習した。お任せあれ。深井は次の紙に今日のロージーのような、青い色のドレス姿の白雪を描き始めた。


帰りの車の中で、楽しさを反芻する。考えてみれば、ホテルの近くから移動したのは初めてなのだ。しかも穏やかな五十嵐と二人きり。楽しくないはずがない。

「おいしかったですね。ロージーのうちのごはん」

「じつは、彼女にメールで聞かれたんです。食事はなにがいいかって。だから、魚がいいんじゃないかと答えました」

「そうだったんですか。ほんと、久しぶりの魚でした」

「この国は海に面しているので、魚も豊富なんですよ」

「なるほど」

そういえばそんな話を聞いた気がする。魚の輸出先としてトップは日本だとか。

「深井さんは絵がうまいですね」

五十嵐に言われたので、絵が上達するまでの歴史を話したくなった。

「最初はひどいものでしたよ。五十嵐さんと同じくらい、いえ、もっと下手だったかもしれない。だから、勉強したんです。五十嵐さんもお会いしたことがありますよね、西脇さんの奥さん」

「ええ、病院でご挨拶《あいさつ》だけ」

「彼女が主催している絵画教室に通ったんです。おかげさまで、プロのイラストレーターにはなれないけれど、人に見せてわかりやすい絵は描けるようになりました。子供向けにデモ販をやるときに、アニメキャラクターを描けると強いんです。子供が描いた絵を飾ってくれていると聞くと、やっぱり嬉しくなりますね」

五十嵐は静かに聞いている。

なごやかなときが過ぎる。

二年前、深井が前の職場にいた頃、自分たちはこんな関係だった。こんな二人だったのだ。

「深井さん」

営業でやってきた彼は、深井を見かけるとこうして呼びかけてくれた。声に親しみが滲《にじ》み出ていた。

ああ、懐かしい。

ほんの少し前のことのはずなのに、何十年も昔な気がする。

あのとき、彼が来るのが待ち遠しかった。彼が話しかけてくれるのが、たわいない話を聞かせてくれるのが、彼が自分に優しいことが、たまらなく嬉しかった。

「最近、深井さんの言うとおりだなって気がしてきたんです」

「ん？　俺の言うとおりってなんですか？」

「あの、だから、けっこうこういうマテリアルというか素材というか、床材とか壁紙とかのことを考えるのが好きだなって。うちは両親ともデザイン関係やってて兄もディスプレイ会社に入ってるんです。その中で俺だけ、その、デザインセンスがああなんで、別に好きじゃないって思い込んでいたんですけど」

「そうですか？　五十嵐さんのチョイスはいつも正確で素晴らしかったですよ」

真実だ。工務店時代、五十嵐に壁紙の選択を相談すると、施主のことを詳しく聞いた末、これはどうでしょうと好みに合ったものを考えてくれた。五十嵐の選んだ壁紙はときおり予算をオーバーしたけれど、でも、たいていの場合、施主はそれに決めてくれた。

「お客さんに言われたことがあるんです。使ったお金の額はいつか忘れる。でも、この壁紙は、次に張り替えるときまでこのままで、毎日見る。忘れることはできない。だから、多少高くても、これにしてよかったって見るたびに思うって」

「そう、ですか」

「頑張りましょうね。俺、ああいうお客さんの笑顔って大好きです」

「そうですね。俺も見てみたいです。どうせなら、西脇さんに結果を持って帰りたいですし」

「そうですよ。なによりのお見舞いになりますよ」

あの、と深井は言い出してみる。

「俺、さっきの彼女のうちで、思いついたことがあるんですけど」


休み明け。

「えー、女性オンリーデー？」

事務室で深井が提案すると、高木がなにを言っているのかと、反論してきた。

「シャイなこの国の女性が女性だけで来るとは思えないんだけど。それに、この国は男尊女卑だから、女性に決定権はないし、財布の紐《ひも》だって男性が握ってるんでしょ？」

「それがそうでもないみたいなんです」

深井はロージーの家で女性たちから聞いたことを高木に話した。

「確かに生活のお金を出すのは、男性です。女性はほとんど出しません。でも、家の中の決定権は圧倒的に女性にあるんですよ」

「え、そうなの？」

「はい。それから、女性のほうが人を招く機会が多くて、それも女性同士が圧倒的なんだそうです。姉妹、従姉妹、友人、母の知り合いに至るまで、とてもたくさん」

反して男性は街中の喫茶室に友人と集まることが多い。酒が宗教上、許可されていないこの国では甘いジュースと水煙草で、何時間も話が盛り上がるそうだ。

「家で女子会だな。いいな。毎日パジャマパーティみたいなもんか」

高木は五十嵐に釘を刺される。

「高木さん、変なことを想像するのはやめてください。どこかで誰かの耳に入ったら、下手をすれば捕まります。この国では姦淫はむち打ちです」

「わかったよ。しないから」

深井は話を戻した。

「だから、こういう内装のことも女性同士で決めたくなるんじゃないでしょうか。俺、この国は男尊女卑ではなく、女性文化、男性文化だと思うんです」

女性だけの日を作る。美術館みたいに。映画館みたいに。安心して見に来られる日を作る。

「男性スタッフはどうしたらいいんだ」

「事務室で待機です。携帯を通じて専門的な質問に答えたり、アドバイスに徹します。おすすめを選んだり、アプリで完成イメージを作ったり、できることはたくさんありますよ」

「やるとして、いつにする?」

五十嵐がスケジュールをにらみつつ即答する。

「三日後はどうでしょうか。結果を見てから帰国できるぎりぎりの日程です」

「広告はどうする？」

深井がズーファァのモバイル普及率を鑑《かんが》みて発言する。

「購買見込み層はモバイル機器を一人一台以上持ってます。公式サイトとSNSでかなり拡散できるんじゃないでしょうか」

「もし知らないで来た人がいたら？　せっかく来た男性客は怒ると思うな」

「俺も日本だったら許可しないところなんですが」

五十嵐はふっと息を吐いた。

「この国の人が、ショールームに来てみて『女性オンリーデー』で目的な果たせないからと怒るとはとても思えないんです」

「あー、確かに。スタッフのアリが三十分も遅刻してきたので、どうしてだって聞いたら、『出るときにママから電話が来たので』って言われたときには怒鳴りつけようと思ったんだけど、みんなが『そりゃあいいことをした』『母親はズーファァの神の次にだいじだ』『それじゃあしょうがない』っていい話聞いたみたいに言うんで、あけた口をむりやり閉じたっけな」

万事がそんな調子なのだ。神様がそうしたんだからしょうがない。

「えっと、基本コンセプトとしては五十嵐さんが以前おっしゃっていた『一期一会』がいいと思うんです。いらして下さる女性のお客様を、このショールームという自宅にお招きしたつもりで、くつろいでいただけるといいかなと」

うーん、と高木は唸っていたが、うなずいた。

「ま、やってみるか。今までどおりにショールームを運営していても、成約率が上がる根拠がないからな。奇策に見えてもとにかく動かないと埒《らち》があかない」

高木はこちらを見た。見続けている。深井は居心地が悪くなる。

「なんですか？」

「いやあ、最初、深井さんと会ったときには、西脇さん、どうしてこいつを選んだかなと思ったんだけど、いい面がまえになってきたなーって感心しただけ」

「そうですか？」

深井は自分の顔を撫でる。相変わらずつるっとしていて髭がない顔だった。


現地採用スタッフにも意見を聞く。

ロージーには、お客様をお迎えする心構えを説かれた。

「まずは薔薇水です。私たちズーファラの国民は、香りをとても大切にします。いい香りだと、歓迎されていると感じます。それからミントティーとお菓子ですね」

お菓子なら、心当たりがあった。母親が送ってきた「パンダのワルツ」だ。あれなら小さくてさっくり軽くておいしい。そして、かわいい。この国の人には珍しいだろうから、ちょうどいいだろう。試しに女性スタッフに試食してもらったが、見る間になくなる好評具合だった。

ほかの女性スタッフが提言してきた。

「女性だけの日なら、かぶり布をとってじっくり見たいので、かさばる衣服を預けることができると便利ですね」

「なるほど」

五十嵐が考え込んでいる。

「預けるところというと、クローク的な？　どこかに服を引っかけることができればいいんですが」

「あの。仮のものでよかったら、俺、作りますよ」

深井は片手を上げて申告した。

「そういうの、得意なんです」

「ひとりでは、無理ですよね」

五十嵐はズーファラのスタッフに頭を下げた。彼がそんなことをするのを初めて見た気がする。

「お願いします。手のあいているスタッフは、クロークの設営に力を貸してください。そうしないと間に合わないんです」

番号札は厚紙に手書きした。

ベニヤを買ってきて釘打ちし、倉庫に余っていたはぎれの壁紙クロスをパッチワークのように貼り付けて化粧板にする。

紙コップに、八丁堀ペイントの製品であるペイントペンシルで模様を描く。ふたつ、みっつ、深井が見本を作ると、あとは絵の得意なスタッフがやってくれた。これはミントティー用にする。

「こちらに衝立を置いて、中が見えないようにします。女性スタッフがここに立って、男性が入ろうとしたらお断りしてください」

率先して動いているのは五十嵐だ。高木は深井のことを変わったと言ってくれたけれど、もっと変わったのは五十嵐だと思う。こんなにも頼もしくなっている。立派にリーダーとして皆をまとめている。

深井はチェックリストを確認する。

「あとは、薔薇水の買い出しですね」

ロージーの教えてくれた店がある市場は、観光客の行かないところだ。古い市街地で車は入れない。

「五十嵐さん、めどがついたら一緒に行ってもらえませんか」

頼むと、わかりました、と五十嵐から返事をもらった。

ズーファラの中央市場は、ショールームからタクシーで十五分ほどのところにあった。意外と近いとあなどったのもつかの間、ロージーの書いてくれた地図がなかったら、数分で迷っていたことだろう。

昔の道なので、車は通れない。細いし、入り組んでいるし、階段がある。なんと、今でもロバが荷物を運んでいるのだ。

きっと一昔前のズーファラはこの市場のようだったに違いない。

「ロージーが一緒に来れたらよかったですね」

深井がそう言うと、五十嵐もうなずく。しかし。

「さすがに、既婚女性が夫以外の男性と外に出かけるわけにはいかないですから」

日よけ布が頭上高くを覆う中、くねくねと道は曲がり、ときには行き止まる。さらには分岐し、どこまでも二人を誘い込む。歩いている人は民族服を着込んでいて、ロバが横を通り過ぎ、自分たちはいつの時代に迷い込んだのかと疑う。深井は必死に五十嵐のスーツの背を見失うまいとする。携帯はあるけれど、ここではぐれたら二度と会える気がしなかった。五十嵐が、遅れがちな深井に気がついて手を差し出してくれたので、深井が握り返す。二人は

手を繋いで人混みを歩いていった。

手のひらから、彼の心情が伝わってくる。温かい、頼もしい、ぬくみ。この手に繋がれて、あの一夜に導かれ、そうして危機を脱したのだ、自分は。

「うまくいくといいですね。これで成約率が上がると嬉しいんですけど」

「うまくいきます」

五十嵐は断言する。

「そんな気がするんです。西脇さんに言われたことがあります。ほんとうにやりたいことがあったときには、人に頭を下げるのも、土下座するのさえ苦にはならないと。それがどういうことか、ようやくわかった気がします」

フッ、と彼がこちらを見た。至近距離で視線を向けられると、どきりとしてしまう。それはしかたのないことだ。だってかつて、あんなふうに抱かれた。その名残のかけらが打ち震えている。

「それをわからせてくれたのは、深井さんです。ありがとうございます」

つきんと鼻の奥が痛くなった。嬉しいのに涙が出そうになった。

——俺が保証する。おまえはこのプロジェクトの要になる。おまえがいないとだめなんだ。

西脇の言葉を、信じきれてはいなかった。だが、西脇を信頼していたから、ここまで来れた。そして五十嵐から、もっとも欲しかった言葉をもらった。

「俺、ピンチヒッターで来たから、高木さんや五十嵐さんみたいにうまくできないし、足を引っ張らないかずっと不安でした。もし、ささやかにでもお役に立てたなら……——来た甲斐《かい》があります。よかったです」

ぐっと深井の手を握る五十嵐の手に力がこもる。

「少しじゃないです」

彼の語調が強い。

「ずっと、そう思っていました。深井さんは、自分では気がついていないのかもしれないけど、大きな影響力を持っています。あなたは相手のことを考えて行動できる人です。深井さんがいてくれたからみんながまとまって、いちばんいい方向へと転換することができたんです」

言い切ったあと、五十嵐は黙ってうつむいた。耳が赤い。照れているのだ。

「……嬉しいです」

こんなに、嬉しいことはない。

ふっと市場を抜けた。中庭かと見まごう開けた場所に出る。青いタイルで作られた噴水があった。

その一角に薔薇水の店はあった。

中に入ると、老人がこちらをじろりと見た。この男が店主らしい。

奥には深井の胸ほどの高さの銅製の壺《つぼ》があった。その壺のてっぺんから管が伸び、隣の円筒の容《い》れ物に続いている。

「これ……もしかして、蒸留装置かな」

老人がなにか言った。五十嵐が通訳してくれる。

「うちでは昔ながらの方法で蒸留して作っているから、極上の薔薇の花びらをトラックいっぱい持ってきてもコップ一杯もとれないいんだそうです」

「へえ……」

店内にはたくさんの瓶が並んでいる。その中から、親戚の農園で手摘みしたという、まるで優雅なお姫様のような香りを選んだ。ふたつ、買う。

「ふたつもいらないのでは?」

「ひとつは、おみやげです。花崎さんの分です」

「あ。ああ、なるほど……。そうですよね。もう帰国が近いんですよね。そうか、そうだった……――」

どうしてだろう。彼の声には、絶望の響きがあった。さっきまであった、親密さ、いたわり、慈しみ、そういったものが、薄らぎ、なくなっていく。

「五十嵐さん?」

「いえ、なんでもありません。買えたなら、もう帰りましょう」

帰りも、彼は手を繋いでくれた。けれど、行きのように深井の心は弾むことはなかった。

五十嵐が遠く感じる。こんなに近くにいて、手を繋いでいるというのに、見えないほどの距離感がある。

自分がなにをしたのだろう。

無言のまま、市場の路地を出ると、五十嵐はその手を離した。


なんと頭に鉢巻きをして、昔ながらの電卓で計算をし直していた高木が顔を上げた。手でVサインをしている。

「ということは?」

五十嵐が念を押す。

「ばっちりです。本日の女性オンリーデー、成約率をクリアしました」

ほっとした顔をした五十嵐が周囲に通訳したので、現地スタッフの間からもワッと歓喜の声があがった。

深井も胸を撫で下ろす。

「まあ、いけると思ってたけどな」

高木がうんうんとうなずきながら言った。

今日の女性だけの日は大繁盛だった。ロージーたち現地スタッフが周囲におすすめしてくれたし、SNSでほうぼうに拡散されていた。一時期は入れ替えをしなくてはならないほどの混雑ぶりで、ミントティーが足りなくなって買いに走ったりした。

母と娘で、姉妹で、友人同士で、女性たちは訪れて黒いかぶり布を脱ぎ、部屋をどんなふうに改装するかを自分で決めていった。

「疲れたか?」

高木に聞かれて、うーんと深井は首をかしげる。

「疲れてますけど気持ちいいです。ひと仕事したぞー、みたいな」

「わかるわかる。俺もだよ。スポーツしたあとみたいだ。いい感じ」

ぽんと肩を叩かれた。現地スタッフの男性だった。手を差し出している。握手をしようというのだ。今まで、そういうことはなかったので戸惑うが、遠慮なく差し出した。力強い手が握り返してくれた。次々に握手をかわす。

さすがに女性と握手はできなかったが、目を見交わして互いの健闘をたたえ合った。

この手で、一緒に会場を作ってくれた。クロークを作ってくれた。壁紙を選び、ミントテイーを作り、いっしょに仕事をしてくれた。

なんてありがたいんだろう。

「ありがとうございました」

五十嵐が深々と礼をした。深井も一緒に頭を下げる。自然と涙が盛り上がってきた。

「おいおい、泣くなよー」

そう言う高木もほんの少し、涙ぐんでいる。

さらに男性スタッフみなにハグをされた。ハグの中心で潰《つぶ》されそうで、それがおかしくて笑った。ほどかれたあと、五十嵐が自分を見ていた。

離れたところで。

なぜか、思い詰めているかのような表情で。


帰国前夜。ズーファラ最後の夜。

ホテルに帰ってきたときに、一緒に飲もうと高木が誘ったのにもかかわらず、五十嵐は帰国のための支度があるからと断った。

「冷たいなー。深井さんは飲むよね？」

「あの。俺も支度がありますから」

「えー」

本当は五十嵐と話をしたかった。あの市場に行った日から、五十嵐はおかしかった。事務室でも目を合わせなかったし、態度が頑《かたく》なになっていた。まるで再会して間もない頃に戻ったかのように。このズーファラでのできごとがなかったかのように。

彼の部屋のドアをノックしたが、返事はない。部屋にいる気配もない。ここかあそこかとうろついたあげく、ホテル中庭のテーブル席で気怠《けだる》く葉巻を吸っている五十嵐を見つけた。もう夜更け。ゆるやかに、風が吹いている。三日月が、心なしか日本で見るより頭上高くにあった。

「五十嵐さん。ここにいらしたんですね。探しました」

「ええ、まあ、あまり人に会いたい気分じゃなかったもので」

特にあなたには、と言われた気がしたが、気づかないふりをして寄っていった。五十嵐が足で蹴《け》って向かいの椅子を出す。そこに深井は座った。テーブルの上にはあいたグラスがある。またバーボンか。かなり飲んでいるのかもしれない。明日は帰国なのに、支障ないのだろうか。

「五十嵐さん」

言わなくては。そしてはっきりさせなくては。ここにいる間に。アラビアンナイトの魔法のかかっている間に。

そうしないと、五十嵐を見失ってしまう。そんな予感に、深井の気は急《せ》く。

「五十嵐さん。二年前、あなたは俺と、一晩を過ごしましたよね」

とうとう言ってしまった。逃げようがない事実を、彼に突きつけてしまった。彼は、どう出るのか。なにを言うのか。

五十嵐は、落ちかかった前髪をかき上げながら面倒くさそうに深井を見た。

「そうですね。そんなこともありました」

認めた。彼が、あの夜のことを口にした。それだけで、深井の中にある名残のかけらが、存在感を訴えてくる。次の、五十嵐の発言を待った。

彼は葉巻を口に咥《くわ》えた。煙を吐き出すと、それは重く彼の周囲にまとわりつく。

「覚えていますよ。あなたが十万円で俺にもてあそばれた夜のことですね」

「もてあそばれた……」

その言葉のチョイスが、深井の気持ちを重くさせる。

「五十嵐さん。違います。俺は、もてあそばれたりしていません。あれは……」

あれは、の次に、自分はなんと言いたかったのだろう。探せないうちに、五十嵐が遮った。

「すみませんでした、と俺が謝れば満足ですか」

「謝る……？」

「あの日、あなたをあそこの公園のベンチでどうして待ってしまったのか。会わないままでいれば、そうしたら、魔が差すこともなかっただろうに」

「魔が、差す」

彼の台詞《せりふ》を繰り返す。

「病院であなたの言ったように最低なやつなんですよ、俺は。考えてもみてください。俺がまともな男なら、無償であなたの窮地を救うはずだ。惚《ほ》れた腫《は》れたは、そのあとの話でしょう。弱っているあなたを見てつけ込んだ。そんな男なんです」

本人がそう言っているのだ。この話はこれで終わりにしようと深井の中の理性が言う。けれど、どうしても、どうしても、承知できない。自分の中のなにものかが、そうじゃないと言い張っている。

「そんな言い方」

そうじゃない。違うはずだ。

それから一気に自分はあの晩に舞い戻った。

自分を見つめた目、繋いだときの手の感触、伝わる熱、指先。

「あの、二年前の夜、五十嵐さんはとても優しかった。あれが、なにも思っていなくてもできたこととは思えない」

あなたは、俺のことが好きなはずだ。そのはずだ。

本人が違うと言っているのに、なぜかそのまま受け取ることができない。

「深井さん。もう、この話をするのはやめましょう。俺の人生の汚点です。後悔してもしきれない。日本に帰れば互いに別の道を行く。それでいいじゃないですか」

葉巻をそのままにして、五十嵐は立ち上がった。

「待ってください、五十嵐さん。まだ話は終わってないです」

彼がテーブルに手を突く。バーボンのグラスが揺れた。

「五十嵐さん？」

そのまま、もたれかかるようにしてテーブルに倒れ込む。顔が土気色だ。胸を押さえている。彼の唇からは断続的にうめきが漏れた。

「五十嵐さん！」

あ、ああ。

深井はホテルに走り込んで叫んだ。

「すみません、すみません、誰か！　救急車を呼んでください！」

部屋にいた高木を呼びだし、救急車への同乗を頼んだ。

「深井さん、一緒に行かないの？」

高木に聞かれた。

「俺が言っても言葉がわからないし。それに、たぶんきっと、俺がいちばん彼のストレスの

「えーとよくわからないけれど、いいや。行ってくる。いるものがあったら連絡するから、今夜は待機してて。何かわかったら連絡するから」

「お願いします」

その晩、寝ないで待っている深井に、高木から連絡があった。

『いやあ、言葉がわからなくて難儀したわ。途中で五十嵐さんが気がついてくれて助かったよ。どうやら胃潰瘍《いかいよう》らしい。胃に穴があく寸前だって。命に別状はないから安心しろってさ』

よかった。とりあえず安堵する。

『あのさ、深井さんたち、なんかあったの?』

「え」

高木は、痛いところをピンポイントで突いてくる。

『ちょっと前から、二人、様子がおかしかったからさ。さっき五十嵐さんが起きたときにも、しきりと深井さんのこと探してるみたいだったし。深井さんは来てないって教えたら、苦笑いして「やっぱり」って言ってたけど』

「高木さん。俺たち、なんにも、ないですよ」

そう言いながら、自分の声が震えていることに深井は気がついた。

「このズーファラでは、なにも」

五十嵐は、あんなふうに、思っていたのか。彼の、人生の汚点だと。そしてこのズーファでも、自分はそれを変えようがなかったのか。

五十嵐が病院で痛かったり、つらかったりしていないといい。今はもう、望むのはそれだけだ。

俺とずっと一緒にいて、ほんとはつらかったんですか、苦しかったんですか。五十嵐さん。少しは親密になれたと、あの晩の二人に近づけたと感じたのは、錯覚だったんですか。どうあっても、俺は最終的にはあなたに苦しみを与えるだけなんですか。

あの晩がなんだったのか、深井はようやく理解していた。今なら全世界に向けて堂々と宣言できる。あれは恋だった。まぎれもなく、自分にとっては真剣な恋の始まりだった。

五十嵐のことが好きだった。ずっと好きだった。

彼が来るときが楽しみだった。自分にだけ宝物の虫を見せてくれるみたいに、壁紙のサンプルを見せてくれるのがひそやかな誇りだった。

会社を辞めて、自分で自分のことをあきらめていたときに、心配してくれて嬉しかった。抱いてもらえて、恍惚《こうこつ》の心境になった。身体の隅から隅まであなたを知って、そして奥であなたを受け止めた。夢のような一夜だった。

あのときのあなたに、愛があったのだと、信じたい。それが今もその胸にあるのだと、俺はそう思い込みたい。

けれど、俺のことが、あなたに負担を与えているのだとしたら、この恋は終わりにしよう。

あなたのために。

あなたを、愛しているから。

ズーファラの病院は新しかった。そういえば、近代化してから病院ができたのだとどこかに書いてあったっけ。病院はどこでも同じ匂いがする。男子棟と女子棟に完璧に分かれているのがズーファラらしい。行き交う看護師もこの男子棟では男ばかりだ。

五十嵐と再会したのも病院だった。あのときのことを思いだしながら病室の番号を確認して、静かにドアをあけて中に入る。個室になっていて、そこでは五十嵐が点滴に繋がれていた。水色の病衣を着た彼の頬はげっそりと落ちくぼんでいる。

「五十嵐さん」

深井はそっと五十嵐に呼びかけた。朦朧《もうろう》としている視線がこちらを向いた。

「そのままで。ほんとは会って興奮させちゃだめだってお医者さんに言われてるんですけど、俺が無理にお願いしたんです。これで、最後になるだろうから」

彼の目が、見開かれる。

「ご家族がこちらに向かっているので、安心してください。高木さんもいますしね。あの人、見た目よりずっと男気があって頼りになる人ですね。飛行機の変更や会社への連絡をやってくれてます。それが終わったら、今日もこちらに来るそうですよ。ショールームはズーファラのスタッフが滞りなく進めてますし。だから気にしないで、ゆっくりしてください」

傍らにあった椅子に、腰かける。深井はスーツを着ていた。

「俺、これから空港に行きます。予定通りに帰国するんです。ほんとはもっと五十嵐さんといたかったですけど、もう行かないといけないなって。なにからなにまで、お世話になりました。いっしょに仕事ができて嬉しかったです」

ここで、伝えるだけ、伝えなくては。そうしなくては。再びこんなチャンスはないだろう。思えばずいぶんと五十嵐に対してわがままを言ってきた。これで最後だ。

「二年前、俺が会社を辞めさせられて落ち込んでいたときに、五十嵐さんだけがちゃんと向き合ってくれました。そして、とてもこの身体を大切に扱ってくれた。だから俺はもう一度復活することができたんです。再会したときに『最低の一晩』なんて言ってごめんなさい。あれは嘘です。あなたが俺に冷たかったので、腹が立ったんです。最高でした。きっと、俺が五十嵐さんのことを前から好きだった、そのせいですね。あの夜が素晴らしくて、だから、あれからずっと、あなたのことを想っていました。忘れたことなんてなかった。忘れるなんて、できるはずがないんです。だって、この胸の中には」

そう言って胸の、その場所に手を当てる。

「あなたのくれたものが、かけらみたいに埋まっているんですから。もう、俺の一部みたいに。五十嵐さん」

だめだ。泣いてしまう。離れたくない。離れたくない。五十嵐に疎まれてもいい。冷たくされてもいいから。ずっとそばにいたい。彼と一緒にいたい。そんなわがままを言う自分をしかりつける。

「これで、お別れです。俺はどうしたってあなたをつらくさせるばかりのようだ。ほんとに、ほんとうに残念です。あなたが日本に帰ってくる頃には、西脇さんに引き継ぎが終わってい て、もう会うこともないでしょう」

自分で言いながら、切なさに引き裂かれそうになる。

「ねえ、五十嵐さん。あなたは俺の体調や気持ちをいつも心配してくれてましたよね。でも、どうかご自分の身体もいたわってあげてください。あんなふうに葉巻やお酒をのんだら身体に悪いですよ？　大切にしてください。だって、俺が、大好きな、あなたの身体なんだから」

手をさしのべる。彼の頬を指先で撫でる。髭でざらついた肌の感触。ちくちくと痛む。痛い。

五十嵐が目を動かす。唇が震える。なにか言いたそうだが、音を紡ぎはしなかった。

深井は別れの言葉を口にする。

「さよなら」

ズーファラから日本へ。帰りはあっけないものだった。泥のように眠って、気がついたら成田にいた。成田は雨だった。雨。晴天以外の天候を久々に見る。水が空から降ってくる国。そこに自分は帰ってきたのだ。

あの日々は。ズーファラという中東の国で繰り広げられた五十嵐との時間は、夢だったのではないだろうか。あんなに近くにいたと感じたのは幻だったのか。

「おかえりー。薔薇水、買ってきてくれた?」

出迎えに来てくれた、花崎の明るい笑顔が眩《まぶ》しい。恋とはまったく違っても、彼女は紛れもなく自分の家族だ。安堵して彼女の肩に顔を埋《うず》めた。

「どうしたの? 泣いてるの? 誰かにいじめられたの?」

「ロージーみたいなこと、言うんだね」

もう遠い人たち。遠い思い出。

「ロージーって誰? 諒太《りょうた》?」

五十嵐だけではなく自分自身も、かなり無理をしていたらしく、帰ってきてからしばらくは微熱が続いていた。だが、休むわけにはいかない。ズーファラの高木と連絡を取りながら、報告書をまとめていった。

八丁堀ペイントで海外事業部のフロアに行き、まずは西脇に報告書を見てもらう。

西脇はすっかり体調が回復して頬も病院で見たときよりふっくらしている。彼は満足そうに何度もうなずいている。

「うんうん。数字もいい。だが、それ以上に数字の取り方がいいな。この、女性オンリーデーは続けるんだろ？」

「はい。だいたい月に二度くらい」

「なんだ。その曖昧《あいまい》な日程は」

「ズーファラが太陰暦なので、太陽暦に換算すると多少のずれがあるんです。覚えやすく、半月の日を女性の日にしようかと」

「ああ、なるほどな」

西脇は深井をねぎらってくれた。

「おまえも時間ができたら少し休めよ。俺に、五十嵐。このプロジェクトは病人ばっかりだと言われてるんだからな。……——なんか、ちょっと印象変わったか？」

西脇に言われて「そうですか?」と、自分の顔を撫でてみる。

「男は、ひとつ大きなことをすると、顔つきが変わるもんだ。いい顔だ」

「自分じゃ、わからないですけど」


高木からはたまに国際電話が入る。

『五十嵐さん、深井さんがいなくなって寂しそうですよ』

「そんなことはないでしょう。俺、たくさん迷惑かけましたし」

『でもさ、手のかかる犬のほうが可愛かったりするじゃない』

深井は声をあげて笑ってしまった。

「もう、ひどいなあ。俺は犬ですか」

会わないと、告げたのだ。もう二度と顔を合わせることはないと。

それなのに、日本にいても蘇《よみがえ》るのは、あのズーファラでの日々のことだ。

会議室での質問にたじろいでいたら助けてくれたこと、酔っ払って彼にわがままを言ったら、チキンカレーを作ってくれたこと、ロージーの家に一緒に遊びに行って、クロークを取り付けて、仕事を成功させて。


ああ、楽しかったなあ。

あの人の近くにいた。彼を見ていられた。話ができた。

五十嵐のことが、好きだなあ。

彼のことを思い出すたびに、胸の中でこのかけらのようなもの、あの日からあるこれが甘く疼《うず》く。それはどうしようもないことだ。五十嵐の背中の傷のように、きっと残り続けていく。


ごうんごうんと洗濯機が回っている。ベランダから太陽が見えている。この洗濯が終わったら干そう。それから、今日は久しぶりに自分でごはんを作ろう。

ズーファラへの出張から帰って以来、久々の休日だ。自分は西脇の言うとおり、けっこう疲れていたのかもしれない。もうとっくに時差はなくなったはずなのに、ぼうっとしてしまう。

まだあの国にいるような。カレーを食べているような。市場の中を彼と手を繋いで歩いているような。

いまこうしていて悲しいことは、彼にひどいことを言われたからじゃない。彼を幸せにするために自分はなんの貢献もできないという事実が残念でならないのだ。彼のためになんでもしてあげたいのに。

そう、たとえば。

自分はけっこう料理が得意だから、カレーのお返しに豚の生姜焼《しょうがや》きを作ってあげたかったし、一緒に自転車で都内を回るのも楽しいだろうし、何よりセックスで彼を楽しませてあげたかった。もうなにもできないんだなあ。

ふっとため息をついたところでチャイムが鳴った。特になにを頼んだ覚えもないが、宅配便だろうか。立ち上がりかけたところに何度も鳴る。

「わかってますよー」

ひとが思い出にふけっているというのに、情け容赦ない。

「はいはい」

はんこを片手にドアをあけると、いつものひとより一回り、身体が大きい。それに、違う匂いがする。まさかと目を上げると、五十嵐だった。

ラフなジャケットにチノパン姿の、彼の目はつり上がっていた。

「五十嵐さん、いつ、帰国……」

帰国されたんですか、と続ける前に彼が中に入ってきた。

「別れてください」

彼の言っている意味がわからない。何度も目を瞬《しばた》かせる。

「えっと。別れろって、それは、五十嵐さんとってことですか?」

それなら別れはズーファラで告げている。

「違います。花崎さんとです」

「いやです」

深井は首を振る。それはできない。花崎は自分の友人であり、そして兄の婚約者だ。五十嵐が部屋の中を見回した。帰ってからあまり掃除をしていなかったので恥ずかしいとか言っている場合ではなかった。五十嵐は目指すものをリビングのローテーブルの上に見つけると、ずいと上がり込み、それを手に取る。

携帯電話。花崎にだろう、電話をかけ始めたので、深井はパニックになる。

「やめてください」

「庇《かば》うんですか」

「なに言ってんのかわからないですけど、彼女と縁を切るなんて考えられない」

五十嵐の手が止まる。眉が寄る。とても厳しい顔になった。ズーファラにいたときに何度か見た顔だ。なにかを耐《た》えているような、表情。

「そんなに。そんなに、彼女のことを……――」

「あたりまえのことを言わないでください。彼女は、俺の姉になるひとですよ？」

彼の動作が完全に停止した。電話をしようとしていた手も止まっているし、口が半分開いたまま、呼吸さえ忘れているかのようだ。

絞り出すように彼は言った。

「今、なんて言いました？」

「だから、花崎さんのことでしょう？　彼女は、アメリカに出張中の俺の兄の婚約者です」

五十嵐が遠い目になる。彼はつぶやきだした。

「婚約、お兄さんと。式場に行くって」

「行きますよ。兄の代理で。うちの親戚《しんせき》のこととか彼女にはわからないし」

しばらくそのまま、五十嵐は固まっていた。それから、笑い出した。今まで、たまりにたまっていたものが洪水になったように、大声で笑い続けたので、深井が心配になるくらいだった。

「すみません。ああ……。ほんとに。ごめんなさい。無茶なことを言ったようだ」

彼のあまりの笑いっぷりに恐くなったが、それでも彼のために台所から水を汲《く》んできた。手渡されたそれを一息に飲んでから、彼は「馬鹿《ばか》なことを言いました」と疲れたように謝罪した。

「ほんとに、俺は、馬鹿だ。あなたの気持ちが俺にないのは、二年前からわかっているのに」

「え？」

彼が、なにを言っているか、理解できない。彼に確認する。

「二年前、五十嵐さんは朝を待たずに出て行きましたよね」

「ええ、仕事が入ってしまったので。同僚の手違いで、現場に入っているはずの資材が届いていなかったんです。俺が営業用のバンで運びました」

「それで、配置換えになりましたよね」

「はい」

「そうしたら、俺、五十嵐さんに連絡しようがないと思うんですけど」

五十嵐は奇妙な目つきをした。

おまえこそなにを言っているんだ、と問いたげな表情だった。

「だから、渡しておいたでしょう。私用の携帯番号を」

私用の携帯番号？　慌てて自分の携帯を五十嵐から取り返し、覗き込んだけれど、そこにあるのは五十嵐の今の会社の番号だけだった。

「いえ」

「封筒に入っていたはずです」

「封筒？　あの、十万円の？」

深井はその封筒を見た。招き猫の前に鎮座している。

「もしかして、あけてないんですか？」

「はい」

「一度も？」

こくりとうなずく。

「五十嵐さんからもらっただいじなものなので、そのままです。え、どうしたんですか?」

五十嵐は、くずおれ、膝《ひざ》を抱くとそこに顔を埋めている。

「あなた……。あの晩、『わかった』って言ったじゃないですか。その携帯番号に、ちゃんと連絡するって」

「知らないです」

「起きてましたよ。そして返事をした」

「あの晩は、一度も目を覚ましたことはなかったですよ。すごくよく寝ました」

二年の間、一度もあけられることのない、あの夜の空気を中に閉じ込めている、その封筒を深井は手に取る。

「見てもいいですか?」

封筒を片手に訊ねると、五十嵐はうずくまったまま、うなずいた。

深井は封筒のテープをはがす。

中から出てきたのは、お札が十枚。それをローテーブルの上に置き、さらに探る。手帳を破ったとおぼしき紙が出てきた。そこには、彼の携帯番号が書かれていた。

緊急の呼び出しが来たので行かなくてはならない、仕事を探す気になったら声をかけてくれれば自分も協力する、こんなふうに始まってしまったけれど、ほんとはずっと好きだった。あなたに会えるのが楽しみだった。また会いたい、あなたがなにが好きでどこに行きたいか知りたい。

そんな意味のことが、ぎこちない、言葉と文字で書いてあった。

あの夜の、五十嵐の心がそこにはあった。

「なんだ」

ああ、やっぱり恋だったんじゃないか。あのときに恋は始まっていたんじゃないか。深井は確信していた。胸の中にあるこのかけら、それは種だったのだ。育つべき、でも、手違いで芽吹くことを許されなくなった、恋心だったのだ。

そしてそれは今このとき、一瞬で発芽し、育ち、深井に満ちた。

「なんだ、そうだったんだ」

五十嵐のように大笑いしそうになった。

いっそローテーブルに突っ伏して大泣きしたかった。

けれど、けっきょく深井が浮かべたのは、どちらともつかない情けない表情だ。こちらを様子見している五十嵐を見返す。彼がくれた言葉がぎこちないなら、自分が返そうとしている言葉も、なんと心許《こころもと》ないことだろう。

携帯からその番号にかける。応答は目の前でした。五十嵐が電話に出る。目の前の相手に向かって、携帯で深井は話す。

「俺、あのとき、あなたに優しくしてもらって嬉しかったです」

「ほんとに？」

「ええ。だから、翌朝、呆然《ぼうぜん》としました。五十嵐さんが、俺を置いて行ってしまったんだとばかり思っていたから」

「俺も」

五十嵐は弱音を吐いた。

「俺もです。あの晩の深井さんが、あまりに愛おしかったものだから、俺は電話をかけてきてくれるものと信じてたんです。けれども、当日も、次の日も、何ヶ月たっても、かかってきはしなかった。ゆっくりと自分にわからせるしかなかった。あんなことを言っても、目が覚めたあなたは後悔して、なかったことにしたかったんだと……――」

自分だけではない。五十嵐もまた、この二年の間、不信にとらわれ、苦しみ続けていたのだ。

「俺は、深井さんの住所を調べあげて、アパートまで行ってみたことがあるんです。あなたは引っ越したあとでした」

「それは、会社を変わって借り上げの部屋があいたからです」

「けれど、俺は、これがあなたの答えなのだと思い込みました。弱っているあなたにつけ込んだ罰なのだと」

彼は片手で顔を覆った。でも、と彼は続けた。

「会社を辞めさせられて、生きることに希薄になったあなたは、はかなくて、いたいけで、愛しくて、たまらなかった。抱かずにはいられなかったんです」

「今の俺は？」

そう言って、深井は五十嵐の携帯を取り上げる。通話はとっくに切れていた。

「五十嵐さんのことを二年のあいだ好きで、このまえの出張のときにもっと好きになった、そんな俺は？　どうですか？」

五十嵐の携帯をローテーブルに置き、身をかがめて彼の額にキスをする。

「深井さん。あなたに、ふれても？」

「いいですよ。どこでも全部」

引き寄せられ、唇を合わせられた。懐かしい感触。懐かしいキス。

それなのに久方ぶりと感じないのは、たぶん、この感触を何度も思い返していたせいだ。表面に出せば悲しくなるから、裏でこっそり何度も。何度も。

キスは深くなり、互いの口の中を味わい始める。

強く抱かれる。深井も彼の背中を精一杯手を伸ばして抱いた。あのときにあった皮膚の薄い怪我《けが》のあとを、指先で辿《たど》ると、自分を抱きしめている男の息にかすれた官能が混じる。

この人をもっとよくしたい。あのときみたいに、それ以上に、もっともっと溺《おぼ》れさせたい。

自分が溶けていくのを感じる。柔らかくなり、彼と混じり合おうとしている。

いやらしいな、自分は。五十嵐相手だと、どこまでもいやらしくなれるな。

「なんですか？」

「俺の身体が、五十嵐さんのこと、覚えてるんです。それが、嬉しくて」

あなたの唇や、頬の感触。あなたの匂いを深く。とても深くまで。自分の身体はただあなたを追い求めている。

五十嵐が嬉しげに自分を見つめている。

「なんですか？」

「あなたを、傷つけたのでなくてよかった。覆せない痛みを与えてしまったんじゃないかとおののいていました」

深井は笑う。この人はわかっていない。

「五十嵐さんに俺を傷つけることなんて、できるわけないじゃないですか」

五十嵐は優しい。たぶん、自分で思っているよりもずっとずっと、情け深い。そんなあなたに、俺を傷つけるなんてできるはずがないでしょう。

「それにね、俺、あなたのくれるものならなんでも嬉しいんです。苦しみも痛みも、なんでも。もらえるものなら貪欲《どんよく》に貪《むさぼ》ってぱくぱく食べちゃいますよ」

ふっと息を吐く音がする。彼の体温が高くなる。ああ、発情したんだ。自分に対して欲情しているのだと誰に教えられるのでもなく、深井は悟った。

「洗ってきました」

シャワーを浴びてこざっぱりした深井は長袖Tシャツにイージーパンツ姿だ。先にシャワーを浴びていた五十嵐は、台所の椅子からこちらを眩しげに見ている。あのときもこの人はこんな目をしてこちらを見ていたな。ああ、やっぱり。この人は自分のことが好きなんだ。とてもとても好きなんだ。あのときそう感じたことに間違いはないんだ。

ぱちりとスイッチが入ったように自分の中で本能と意識が完全に一致して五十嵐という存在がようやく明確になった。理解した、と言い換えてもいい。

彼は深井の立ったままの腰を抱き寄せてきた。

「この、抱き心地が深井さんですね。あなたは、この腕に収まるくらいに華奢《きゃしゃ》だ」

「ごめんなさい」

「なにを謝っているんですか?」

「五十嵐さんは、もっと男らしい身体が好きなんですよね。一応、ジムに通ったりはしてるんですけど。なかなか筋肉がつかなくて。でも、頑張りますね」

「……もしかして、ズーファラのバーでの話ですか? あー、あれは」

五十嵐の目が泳いだ。

「すみません、嘘なんです」

「嘘? なんで嘘なんか?」

「あのときは、あなたはほかの人と結婚するものと思っていたので、できるだけ違うタイプを口にしたんです。俺の好みは……──」

五十嵐は、手を伸ばして深井の髪をすいてきた。

「髪が猫っ毛で手ざわりがよくて、隠れたところがどこもかしこもきれいで、俺のことを誘惑してくるひとです」

「誘惑？」

彼は苦笑していた。

「無自覚だから、あなたはたちが悪い」

「そんな記憶はないんですけど」

「ズーファラで、あなたが高木とじゃれあうたびに俺が嫉妬《しっと》の炎を燃やしていたのを知らないんですか？　あなたが隣の部屋にいるだけでも狂おしいのに、ベッドの上で甘えてきたときは、理性が焼き切れそうになりましたよ。あなたがほかのひとのものだとわかっていてもなお、抱きしめたくなった」

「ずっと、五十嵐さんのものでしたよ」

深井は彼の膝の上にまたがった。そうしても、彼の身体はびくともしない。

「あのときには、そう思っていたんです。俺の好きなこの、きれいな身体が」

そう言いながら彼が、耳の下に唇をつけてくる。低く耳元でする、声。

「ほかの女の前にさらされて、あなたがその色っぽい顔を見せると思うと、それだけで俺はどうにかなりそうでした」

彼がキスを鎖骨に落とす。それから、Tシャツの下から手を入れて、背骨をまさぐってきた。ぴくりと身体が反応する。腰から妖《あや》しい感覚が、身体全部に広がってくる。

「深井さん。俺は、あなたが好きです。あなたは、人を貶《おとし》めたりしなくて、そのくらいなら自分が傷ついてしまう、そんな人だ。そのくせ頑固で、自分がこうと思ったことは決して曲げない強さもある」

「五十嵐さんは、俺のことを買いかぶりすぎですよ」

五十嵐の指の使い方にぞくぞくしている。自分の意思がふわりと希薄になり、そのかわりに、官能が反応し始めている。彼を感じる生き物になろうとしている。

あのとき、あなたがなにをしたのか、もう自分は知っているから。だからだ。だから、こんなにも簡単に身体に火がついてしまう。

深井はずるずると身体を彼の膝から落とした。彼の足を開かせると、その間にひざまずく。

「口で、してみたいです。五十嵐さんのを」

「深井さん？」

「五十嵐さんのを、かわいがってみたいんです」

チノパンの前をあけると、芯が入りかけた五十嵐のペニスが飛び出してきた。記憶にあるとおりの、サイズだった。

挨拶のようにちろりと先端を舐める。

「深井さん。くすぐったいです」

「くすぐったいだけですか？　俺、慣れてないから」

きっとこれで何人もの人を愛してきたのだろう。不慣れな自分と違ってあのときの彼は、堂々としていた。

それを思うと、嫉妬する気持ちもある。自分がいちばんになりたい。いちばんに彼を楽しませたい。我を忘れて、夢中になって欲しかった。

亀頭を口に含んだ。頬の内側に、ペニスの先端を当てるようにして刺激する。きっと自分の頬は餌《えさ》を入れすぎたハムスターのようになっているのに違いない。舌でカリ下のくびれを確かめる。改めて、この形が好きだ、と思う。

「深井さん。無理しなくていいんですよ？」

首を振る。全然平気だった。

ほかの人の、なんて考えるだけでいやだ。いつかバスの中で集団の痴漢に遭ったことは、いま思い出しても寒気がする。

だが、五十嵐のこれをしゃぶるのはいやじゃない。なんでだろう。五十嵐っぽいからかもしれない。それは彼の髪、彼の耳、彼の指の形がじつに彼らしいのに似て、かたちよく、筋肉質で、堂々としている。

五十嵐のペニスは太くて長い。口の中で深く受け止めようとしても、浅くしか含めない。せめてもと、喉の奥に引き寄せて、ぐっと咥え込んだ。

「あ」

五十嵐の声が漏れる。

「離してください」

彼は射精をこらえている。びくびくと動いているからわかる。

深井はそれを離さなかった。楽しいものを取られるのはごめんだ。いってしまえばいい。いくところが見たい。上目遣いのまま、きゅうっとそれを吸い込んだ。射出が一気に来た。喉の奥で震え、跳ね、浴びせかけて弛緩《しかん》した。

深井は満足して、うなだれたそれを、さらに舌で味わいながら解放した。

「深井さん。その顔……」

口の端から飲み込みきれない滴がしたたる。それを舐めとろうとしたが、彼の指にぬぐわれる。その指をとって舐める。これは、俺の。

「いけない人だ」

抱き上げられて、運ばれた。布団はもう和室に敷いてある。

「夢に見ていたんですよ」

布団の上におろされる。覆い被さってきた五十嵐がささやく。

「この身体をこうするのを」

Ｔシャツはあっけなく上まではがされて、屈み込んだ五十嵐に胸の粒を舐められた。じくじくと生まれる快感に侵食されて、もっと恥ずかしいことをして欲しくなる。

「あなたは、これが好きでしたよね」

足を曲げられ、足の甲からつま先にかけてを撫でられる。

「覚えてますよ。あなたはここを舐められるのがいいんですよね」

「言わないでください」

恥ずかしいのは、そのとおりだから。そしてそこがおそろしく気持ちいいのを、知っているから。

彼に足を持たれる。足の親指を、口の中に含まれた。じんと腰に快楽が走る。

「あ、あう」

土踏まずを両の親指で撫でながら、とろとろと足指の付け根を舌であやされて、身が悶《もだ》えた。

「ほんとうに、あなたはかわいい」

足指を舐めながら、彼は目を細める。悪い顔になる。

五十嵐はぐっと身体を折り曲げ、足を口にしたまま腰を合わせてきた。布越しに互いの性器がこすれ合う。五十嵐は、ちゃぷちゃぷとわざと音を立ててしゃぶっている。目がこちらを見ている。唾液《だえき》が、顎《あご》まで垂れている。自分の足も濡《ぬ》れている。

深井のペニスが勃《た》ち上がり、先走りが下着ばかりかイージーパンツの布にまで染みていた。

「これ、脱ぎます。脱がせて」

「いやです。そのまま、いってください」

「や。ああ」

さらに、性器をぐりぐりと強く刺激された。同時に、足指の間に舌が潜り込んでくる。彼の舌の赤いことが目に焼き付く。

舐められている足先と、ペニスの擦過と。両方からのエクスタシーが互いに共鳴しあって、自分の中で爆発しそうになっていた。必死にイージーパンツを脱ごうとしたが、そのまえに限界が来た。

「やだって。いや、あ、ああ……！」

我慢したのに。でも、抑えきれなかった。服を着たまま、達してしまった。

布に精液は温かく滲み、やがて冷えていく。

「い、五十嵐さん、意地悪です……」

「すみません。あなたが、あまりにいい反応をするから、がまんできませんでした」

ちっとも悪びれない声でそう言うと、ようやく服を脱がせてくれる。べっとりと精液がはりついて気持ち悪い。五十嵐はそこに唇を寄せてきた。

「あ、だめです。五十嵐さん」

「なんでですか。あなたは俺のを飲んだじゃないですか。おいしそうに」

「俺はいいけど、五十嵐さんはだめ」

「それは、不公平だな」

腿《もも》を抱えると、五十嵐は容赦なく深井の柔らかくなったペニスをしゃぶってきた。舌で清められる羞恥《しゅうち》。その熱くて震えるような感情は、すでに快楽と直結している。

五十嵐が服を脱いだ。身体を合わせてひとつになる準備をするのだ。指が受け入れるための場所を確かめてきた。

深井は冬になると唇がよく切れる。そのために買ったクリームを五十嵐に提供した。彼の指がとろりとなるまでクリームを温め、そして中に入ってくる。この顔を見て、表情を確認し、身体の覚悟が決まって、さらに欲しくなるまで、ていねいに開いてくる。

「もう、いいですから。だから」

五十嵐は兆した己のペニスを後孔にあてがってきた。

呼吸を合わせる。力を入れて、抜く。息をためて、吐く。

それに乗って、五十嵐が押し入ってくる。

「あ、ああ……」

腕にすがる。広げられている。あの形にまで。さっきこの喉奥で知った、亀頭の大きさまで。つぷんと先端が入ると、身体を細かく揺すり、響かせながら押し入ってきた。

半分、入ったところで身体が止まる。

「苦しくないですか?」

気遣う声に甘えたくなる。

「苦しくないって言うと、嘘になります。でも、今、俺、嬉しいんです。もっとつらくしてもいいくらいです。五十嵐さんが入ってきてるってわかるように」

そこまで言ったところで、声をあげた。中で彼が固くなった。大きくなった。この言葉で。挑発されてくれた。

深井は、手を伸ばして自分のペニスにふれてみた。かちかちに強張《こわば》っている。自分のじゃないみたいに、青筋まで立っている。

このペニスは、ちゃんとわかっているのだ。これがセックスだということを。愛し合う行為だって、いやらしいことしてるって、知ってる。自分のものをしごき出すと、五十嵐がうめく。

「それ、されると。中が」

「知ってます。わかってやってます」

中がざわめいて、うねる。五十嵐をもてなしている。

「すごい、気持ちいいんですよ。五十嵐さんを感じながらここをいじると」

自分の亀頭の先から、くちゅくちゅと露があふれてこの手を濡らす。

腰をうごめかせて、もっと五十嵐を味わおうとする。

「俺のこと、こんなにいやらしくしたのは、五十嵐さんですから」

そう言うと、彼に強く腰を抱かれた。遠慮も呵責《かしゃく》もなく、動かされ、突き上げられる。

「もっと、もっと奥に」

うわごとみたいに繰り返す。

「来て。もっと」

身体を揺すり上げられ、激しい抽送が繰り返される。自分のペニスをいじる余裕もなく、手を五十嵐の背中に回して振り落とされないようについていく。ちかちかと目の前が点滅する。指先があの傷痕《きずあと》、彼の背中の大きな傷を探り当てる。

唇を合わせた。舌を絡めあった。そのまま、身体全部に電流みたいな快楽が走る。

何度も。何度も。

「待ってください。そんな」

キスの合間の懇願を、五十嵐は聞かないふりをした。五十嵐はセックスの最中、ときどきとてもわがままだ。それが深井は嫌いではない。むしろ、とても嬉しい。

腰を上げて、さらに深く彼を飲み込んで、突き上げて、押し入られて、貪り合う。今までとは違う大きさの波が来た。

はじける。

注ぎ込まれる。

「ああ、ん……」

自分が声をあげている。甘ったるい、砂糖がけみたいな響き。

彼の迸《ほとばし》りを受ける感触は初めてで、中を濡らされて、五十嵐のものを飲み込んでよりいっそう自分は五十嵐を好きになっていく。

余韻の中でしたキスは、しとど濡れていた。


夢を、見た。

＊　＊　＊

五十嵐の声がしている。必死に自分を起こそうとしている。

「深井さん、深井さん」

「はい……？」

返事はしたものの口だけで、実際の自分はまだ眠りのただ中にいた。身体だけが起き、目をあけた。

そうとは知らずに、目覚めたと思い込んだ五十嵐が話しかけてくる。

「緊急の呼び出しが来てしまったんです。まだ朝早いですが、どうしても行かなくては」

「行ってしまうんですか？」

「そんな顔をしないでください。俺だってあなたを置いていきたくはない。封筒の中に、メモを入れましたから。俺の携帯番号が書いてあります」

「携帯、番号？」

「ええ。部署替えになったので、今までのは使えなくなったんですよ。だから、そちらに連絡してください」

「うん」

「必ずですよ」

「はい」

ふっと五十嵐が笑う気配がする。彼の唇が頰にふれた。

「わかってますか？」

「わかっています。連絡します。必ず」

彼が出て行くのを、深井は見守る。そして再び眠りに落ちる。

それはすべてを、洗い流す眠り。

忘却に誘《いざな》う眠り。

そして、自らを新しく生まれ変わらせる眠りだった。

＊　＊　＊

はっと目を覚ましたときに、隣に五十嵐がいなかった。だが、探すまでもなく、彼は洗濯物を干していた。

「五十嵐さん」

「深井さんがよく寝ていたので、起こしませんでした。他人にさわられるのはいやかなと思ったんですが、皺《しわ》になってしまうから。……シーツも洗いますか？」

「はい」

下着からシーツまでを洗濯に出し、ついでに布団も干した。なんということのない日常の行為なのに、二人でするとなんでも楽しい。

「お昼は木の葉丼にしましょうか」

着替えてエプロンをした深井は、油揚げとねぎを白だしで煮始める。

「なにか手伝いましょうか」

「簡単なんですよ。特にはないです」

五十嵐は、どうやら手持ちぶさたらしい。台所をうろうろしている。

「じゃあ、話をしてください」

「なんの話ですか」

「そうですね。まずは、苦手なものはありますか。鶏の皮以外に」

五十嵐は考えつつ返事をする。

「茄子《なす》の皮とトマトの皮ですかね」

深井は笑う。

「皮つながりですか」

「じゃがいもは皮つきが好きです」

「なるほど。覚えておきます」

卵を割り入れ、蒸らしに入ったので、ガスの火を消す。

深井は背後の、五十嵐のほうを向いた。立ったまま、抱き合う。そうすると身長差があるので、五十嵐にすっぽりと抱きこまれている心地がする。

「すごく、幸せです」

「俺もですよ」

声の響きに悲痛なものがあったので、振り仰いで彼の顔を見る。

「どうしたんですか。またおなかが痛いんですか」

訊ねると「違うんです」と五十嵐は答える。

「この二年が、ひどくもったいなかったなって思って」

あの二年。互いに互いを思いながら振り切ろうとあがいた月日。

「そうですね。でも、あんなふうにあなたのかけらを胸に抱いて日々を過ごすのも、それはそれで悪くなかった。今はそう思えます」

きっと俺は、あなたならなんでもいい。そういうふうにできている。

「あ、そうだ。覚えているうちに返さないと」

そう言って封筒を持ってきて、はい、と五十嵐に渡した。

「これがお金だったからではなくて、五十嵐さんがくれたものだから取っておいたんですよ。五十嵐さんがくれるものならなんでもよかった。そこらの小石をもらったとしても、嬉しかったと思います」

「深井さん……」

五十嵐は、その封筒をしみじみと見ると、そのままローテーブルの上に置いた。そのときになって、ようやく違和感に気づいたらしい。

「なにか入ってるんですか？」

振ると中から鍵《かぎ》がひとつ。五十嵐がこちらを見る。

「この部屋の合い鍵です」

「受け取ったら、とりあえずちゃんと中身を確認するべきですね」

そう言いながら五十嵐は、その鍵を、たいせつそうにキーケースに取り付けた。

おまえを贖うそのまえに。

からかわれるのには、慣れていた。これで何度目なのだろう。

「いやあ、五十嵐《いがらし》くんは立派な体格してるなあ。ラグビーやってたんだって？　それなのに、もったいないねえ」

嬉《うれ》しそうに、いやしくこちらを這《は》う無遠慮な視線。別に、自分、五十嵐祥平《しょうへい》がゲイだろうと異性愛者だろうと、おまえに関係あるかと言いたいのをぐっとこらえる。

五十嵐がゲイであることをどこでも早めにカミングアウトすることにしたのは、今の会社で同じ営業課の女性に言い寄られたときに、なんとかごまかそうとしたのが徒《あだ》になったからだ。嘘《うそ》はときにとてつもなく人を苛立《いらだ》たせるらしい。どこをどうしたものか、彼女は五十嵐は心の底では自分のことが好きだけれど、事情があって相手と別れられない、という物語を作り出した。そして五十嵐を尾行までしてきた。ストーカーまであと一歩、というところだ。このままでは埒《らち》があかないのを悟った五十嵐は、会社を辞めさせられるリスクを呑《の》んで、彼女に真実を話した。

きちんと話し合い、自分がゲイであること、だから女性に対して劣情を抱《いだ》くことはあり得ないことを説明したときに、ようやく彼女は納得し、それからは普通に同僚として自分と接してくれた。もっとも、あっという間に五十嵐がゲイであることは広まり、望むと望まないとにかかわらず、カミングアウトすることになったわけなのだけれど。

「子供を作らないのってあれでしょ。普通じゃないっていうかさ。がんばってみてもいいんじゃないの」

目の前の工務店社長は、プライベートを踏み荒らしてくる。別に悪いことをしているわけではない。単にメジャーな指向ではなかっただけだ。それを、糾弾するように話されると、いらいらしてくる。

「遠慮しておきます」

そんな苦しみはとっくに通り過ぎている。これが自分であり、自然なのだ。おまえの脳内の「普通」なんて知るものか。苛立ちながらも、サンドバッグになったみたいに、ただ言葉でなぶられている。ひたすら、聞いているしかない。と、社長室のドアがノックされてスーツの男が入ってきた。

「失礼します」

まだ若い。髪が猫っ毛で、赤みがかっている。たぶん百七十センチないだろう。細い手首に細い肩。慎重に湯飲みを盆にのせている。初めて見る顔だ。バイトか、新入社員か。

真剣な表情で彼が来客用のローテーブルに茶を置いた。社長が恥ずかしいものを見せたというように苦笑いしている。

「いやあ、すまないね。こんなむさ苦しいのに茶を運ばせて。そのうち可愛《かわい》い女の子を取ろうと思ってるんだけどね」

「いえ」

別に誰がお茶を持ってこようと気にならない。ここには仕事をしに来ているのだから。

「まあ、五十嵐くんはゲイだから気にならないか。深井《ふかい》くんが茶を持ってきてくれて、かえって嬉しいぐらいだな」

「……！」

深井という社員に聞かせるために、言ったことは間違いない。

社長の発言に、手のうちの茶を、引っかけてやりたいと思うほどに腹が立った。ということは、自分はこの猫っ毛の男に知られたくなかった、いい人でありたかったということなのだろうか。

「社長、失礼ですよ」

ひょいと、彼はそう言った。

「それでは、ごゆっくり」

一礼して、出て行く。社長は毒気を抜かれたようだった。こちらを見たときに、彼が自分を叩《たた》く気力をそがれているのを感じた。ひとつ、空咳《からせき》をしてから、彼は言った。

「じゃあ、まあ。壁紙の選定に入ろうか」

ようやく仕事をする気になってくれたらしい。

社長との話し合いが終わったあと、さっきの男、深井を探した。工務店の中に姿が見つからず、がっかりしながら帰ろうとすると、出口で「お帰りですか」と声をかけられた。コンビニに買い出しに行っていたらしい。両手いっぱいに袋を提げている。使いっ走りじゃないかと見つめたが、本人はにこにこしていた。

「えっと」

彼はこちらを見上げている。

「さっきは、ありがとうございます」

彼はきょとんとしていたが、「あ」と納得した声を出した。

「お茶ですね。いつもはパートさんが出してくれるんですけど、今日はお子さんの参観日でお休みなんです。どういたしまして」

「……――私、オオバクロスの五十嵐と言います」

名刺を取り出す。深井は一度コンビニの袋を床に置いて、両手で名刺を受け取った。

「ごていねいにありがとうございます。俺の名刺、デスクから取ってきますね」

「あ、いえ。また今度で」

「俺は深井、深井諒《りょう》太《た》と言います。一応インテリアデザイン担当なので、今度壁紙の現物サンプル持ってきてもらっていいですか」

「はい。二十種類までなら」

「深井くん、どこまで行ってんの。俺の弁当ー！」

先輩社員が顔を廊下に出して彼を呼んでいた。深井は弁当の入っているコンビニの袋を持ち直すと、一礼して走って行った。

「深井諒太」

味わうように繰り返す。

なんだ。

笑いそうになる。五十嵐の感謝が自分をかばってくれたことに対してなんて、及びもついていないのに違いない。きっと、なんてことのない、彼にとっては普通のことだったのだ。少し話をしただけで、さっきまでささくれ立っていた心がほぐれていくのを感じる。とてもすがすがしい景色を見たような、生まれたての赤ん坊を見たような、心の作用だった。彼がずっとその清らかさを保ち続けてくれるよう、そして周りが彼に優しくあって欲しいと、五十嵐は願わずにはいられなかった。

それから、その工務店に行き、深井と話すのを五十嵐は楽しみにするようになった。新しい床素材のこと、深井の好きそうな壁紙の柄、施主のオーダーに対するおすすめ。ほとんどは仕事の話だったが、やがて休日には公園の鳩《はと》を見るのが好きだとか、どんな本を読むのだとか、個人的な話もちょこちょことしてくれるようになり、くだけた調子に五十嵐の胸は弾んだ。

別に。

深井とどうこうなりたいと願ったわけではない。いや、心の奥底にまったくなかったと言い切れはしないのだが、五十嵐は同性愛者と異性愛者の間の溝の深さをいやというほど思い知っていた。彼に恋しても、報われることはない。そう、いつも自分に言い聞かせていた。

実際、あんなことさえなければ、深井との関係は仕事先で出会った、感じのいい人との楽しいひとときで終わっていたに違いない。


社長曰《いわ》く「可愛い子」、新入社員として若い女の子が入ってきたときから、もともといびつであったその工務店は大きくバランスを崩してきた。最初に逃げ出したのは、ほかの会社に移ることが容易な人たち、すなわち、会社でもっとも仕事のできる人たちだった。

残ったのはほかに行き場のない社員で、その中には入社して二年の深井も入っていた。いや、深井だって早めに退社すればよかったのだ。だが、有能な人間がいなくなり、自分が辞めたらこの会社が持たないことを彼は知っていた。多忙で、施主と工務店の両方からせっつかれ、元から細い彼がげっそりとやつれていくのを五十嵐は見ていることしかできなかった。

一度、見かねて「もう、がんばらなくてもいいのではないか」と声をかけたことがある。

でも、深井はへろりと笑って、「俺がいないと困りますし」と返してきた。

あのとき、もっと強く言っておけばよかった。困るのは会社であって深井ではない。このまま行けば、沈もうとしている泥舟に巻き込まれるだけなんだと。

あるとき工務店に行ったら、深井がいなかった。パートの事務員に「私が言ったって言わないで」と念を押されて耳打ちされたのは、自分が想像していたよりずっと深井はひどい扱いを受けていた事実だった。そうして、すべての努力を無に帰すがごとく、辞めさせられたのだ。突然に。

五十嵐は、深井のことが心配だった。最後に会ったときに、深井の目に生気がなかったことや、唇がかさついていたこと、頬骨《ほおぼね》が出ていたことを思い出した。とにかく彼の顔を見ずにはいられなかった。

だが、彼個人の携帯番号も、住所も知らない。知っているのは、彼が鳩を見に行くという公園のことだけだ。灼熱《しゃくねつ》の季節だった。何度も何度も、異動の辞令が出て忙しかったのにもかかわらず、とにかく暇さえあればその公園に行った。

ようやく彼を見つけたのは、二ヶ月が過ぎ、秋の気配が濃くなった頃。

「こんなところで、なにやってるんですか」

薄ぼんやりと公園のベンチからこちらを見た深井は、すり切れたジャージにまばらな無《ぶ》精髭《しょうひげ》をはやしていた。目が濁っている。かつての、見ているだけですがすがしい気持ちになった彼とはあまりに違っている。この数ヶ月の彼の苦悩を思い、なにもできなかった自分を悔い、五十嵐は次の言葉に詰まった。

長く二人は、ただ見つめ合っていた。ようやく、口の動かし方を思い出したというように、深井が返事をした。

「えっと、鳩を？　見てる？」

自分の言葉なのに、疑問系だった。

「ごはん、食べに行きませんか」

腕をとり、半ば強制的に、引きずるようにして食事に誘った。


深井は抜け殻のようだった。救難ボートの中、人がもっとも死ぬのは、頭上を救助機が過ぎ去ったとき、遠くの船に手を振っても遠ざかられたときだという。絶望が、生命力を奪っていくのだ。

深井との会話はちぐはぐだった。半分違う世界に足を突っ込んでいる気がして、肩を揺りたいくらいだった。どうなってもいい、のたれ死んでもかまわないと、表情を変えずに口にする深井に対して、五十嵐の中に湧《わ》き起こったのは憐憫《れんびん》と、怒りと、自分でもうんざりすることにとんでもなく強い欲望だった。

どうなってもいいなら俺にくれ。のたれ死んでもかまわないなら、俺におまえをかわいがらせてくれ。

「深井さん。もし俺が、抱かせてくれって言ったらどうするんですか」

「……え？」

そのときに彼がいやがるそぶりを少しでも見せたら、自分は引いただろう。しかし、深井がしてきたのは「提案」だった。

「十万円くれるならいいかな、なんて」

それは断りのつもりなのか。たかが十万で袖《そで》にしたつもりか。

後先を考えず、立ち上がると目についたコンビニで金を下ろす。ＡＴＭ脇《わき》にあった封筒に金を突っ込んで、ファミレスの席に戻るとテーブルの上に置いてやった。

「十万円、入ってます」

彼は具の少ないスープを飲んでいたのだが、目がこちらを向いて息を止めた。

金を下ろしてきたのは、予想外だったのだろう。もしかしたらそのまま五十嵐が逃げると思っていたのかもしれない。そんなわけがないだろう。せっかくのこんなチャンスをふいにするわけがない。

それでも、ずっと思っていた。彼の手を引きながら、ホテルについても、中に入ってバスタブに湯を張っているそのときでさえ。彼はすり抜けてしまうだろうと。自分の番になって湯に浸《つ》かっているときにも、金は置いてあるのだし、そのまま持って出てしまっても、放っておこうと決めていた。

風呂から出て、深井がバスローブから細い手足を覗《のぞ》かせてベッドに横たわっているのを見たときに、ようやくこれからこの男を抱くのだという実感が湧いてきた。きっと彼も同様だろう。ベッドの上でのつかの間の駆け引き。

彼の手を取る。この手で茶を持ってきてくれ、弁当の買い出しに行き、壁紙のサンプルをめくっていた。働き者のいとしい手だ。五十嵐は髭が痛くないようにていねいにあたっている。彼の手の甲に頬擦りした。彼は微動だにせず、そのままになっていた。

夢のような一夜だった。

ほんとうに夢だったのかもしれない。愛する相手を、思うままにかわいがるという、生まれて初めての経験。

自分と同じ男なのに、バスローブの下にあったのは、驚くほどにすべらかで白い身体《からだ》だった。五十嵐は彼の身体のどこを舐《な》めることもいとわなかった。彼の反応の新鮮さに、焦《じ》らして、足指の間を舐めた。つま先で、ペニスを刺激した。

深井の指が背中の古傷にふれたときには、心にまでふれられた気がした。

彼は、信じられないほどに柔軟で、感じやすくて、受け止め、甘い声をあげ、何度もこの腕の中で極まった。もう一度とねだられさえした。

だから。

あれが愛だと、付き合いはじめの一夜だったのだと、五十嵐が誤解したとしても、なんの不思議があるだろうか。あとから何度思い返しても、そうとしか解釈できない夜だった。

「わかっています。連絡します。必ず」

深井はそう約束してくれた。五十嵐は彼からの電話を待ち続けた。時間があれば着信を確認し、夜には必ず携帯電話を枕元において寝た。

図々《ずうずう》しいようだったが、彼から、電話がかかってこないのが奇妙なことに感じられた。なにか手違いがあったのではないだろうかとさえ予想したのだ。

やがて考え始めた。

あのときの彼は、体格差のある五十嵐が怒り出さないようにああ言ったのかもしれない。もしくは、セックスの余韻に浸っているときには確かに電話しようと思ったのだけれど、朝になって白日の下で思い返したときに、今後続けていくことはあり得ないと結論づけたのかもしれない。

業を煮やした五十嵐は、とうとう深井との会話を思い出して、公園の場所から割り出し、彼のアパートを調べあげた。我ながらどうかしている執着心だ。

「深井」とあるアパートのドアの前で逡巡《しゅんじゅん》していると、買い物から帰ってきた隣の住人である主婦に「もしかして、刑事さん?」と好奇心に満ちた目で問われた。そこは正直に「い

「いえ、違います」と答えると、彼女はがっかりしたようだった。それでも、親切心からだろう、「深井さんは引っ越したわよ。ついこの間のことだけど、急にばたばたしてたわね。なにか事情でもあったのかしら」と教えてくれた。「ああ、そうですか」と応じながら、これが彼の出した答えなのだと五十嵐は悟っていた。

そうか。

自分は、最低のことをしたんだな。弱みにつけ込んだのだ。あの日の彼は、逆らう気力もない状態だった。それを無理に抱いたのだ。

それでも、あの一夜の彼の甘やかな反応と優しい声音を信じたかった。

ただ一晩でも、恋であったのだと、思い込みたかった。

深井はどこに行ったのだろう。元気で過ごしているのだろうか。最後には、そればかりが気になった。

二年後。

五十嵐は思わぬところで深井諒太の名前を聞くことになる。

場所は病院の個室。

「参ったよ。盲腸だと思っていたら、腹の中で化膿《かのう》していてさ。腹膜炎だってさ」

笑ってそう言うプロジェクトリーダーの西脇《にしわき》は、さすがに頬がこけ、点滴とドレーンが何本か繋《つな》がっていた。

「それでさ、悪いけど、プロジェクトリーダーは、今までサブをやってくれていた五十嵐くんに任せることになりそうなんだ」

「わかりました」

それは、予想していたことだ。まだ若い自分がこんな大役をまっとうできるのか不安はあるが、とにかくやるしかない。

「んで、うちの八丁堀《はっちょうぼり》ペイントから俺の代理を出すからね。まだ若いんだが、頑張り屋だぞ」

若くて頑張り屋。深井のことが浮かんだ。

「うちの営業一課でナンバーワンなんだ。個人向けのショールーム立ち上げにはいい人材だろ？　結婚準備の手伝いで忙しいらしいんだが、そこは我慢してもらおう」

結婚を控えているというのに長期の出張、しかも中東だ。気の毒に、と五十嵐は思う。こちらとしても、できるだけのサポートをしてやろう。

「深井っていうんだ。深井、諒太」

聞き間違えかと思った。もしくは、同姓同名。

「もしかして、中途採用ですか？」

「そうだよ。俺が前の部署にいたときに入ってきたんだ。粘り強くて気持ちのいい仕事する。

今、奥さんが迎えに行ってるから、もうすぐ来るよ」

「来るって……」

「うん。まだズーファラ出張のこと、言ってないんだよね。ちょうどいいから顔合わせしておこうか。遅いなあ。おおかた、俺の悪口でも聞かされてんじゃないかな。彼、奥さんの絵画教室の生徒だったからさ」

待て。ちょっと待ってくれ。こんなことは聞いていない。

ノックの音がした。

「あなた。深井さんがいらしたわよ」

西脇の妻の声がして、引き戸になっているドアがあけられた。

ラフなシャツにジャンパー、ジーンズ姿の深井がそこにはいた。彼は自分以上に驚いてる。そうだろう、会いたくない相手とこんなふうに再会するとは。

深井は二年前と変わっていなかった。いや、血色がよくなって、心なしか頼もしくなっている。元気で、生きていた。仕事をきちんとして、評価されていた。そして結婚するという。

結婚。

もう自分のものではない。いや、最初から五十嵐のものではなかった。彼は女性のほうが好きで、あのときはどうかしていたのだ。

「五十嵐、さん?」

「深井さん……」

言葉が出てこない。どんな顔をしていいのか、わからない。

「なんだ、知り合いなのか？」

西脇はのんきに言うと二人を紹介し合った。

「ちょうどよかった。こちら、オオバクロスの五十嵐さん。それからうちの深井くん」

もう耐えられなかった。会釈すると、病室を辞した。軽い足音が追いかけてくる。かつて、どんなにその姿を見たかったことか。長く、彼が自分のもとにかけより、笑いかけてくれることを切望していた。

「五十嵐さん！」

彼は不安そうにこちらを見ている。ああ、そうか。そういうことか。

「安心してください」

誰にも言いはしない。あなたが自分に抱かれたなど。けれど、音信不通だったこの男に対して、恨みがましく、冷たい口調になってしまうのはしかたないことだった。

「俺は、あのときのことは忘れましたから」

彼の顔色が変わる。思い出したくもないということか。彼は、震えていた。それから、何度か口を開け閉めして、その果てに絞り出すように言った。

「それは、よかったです」

力強い目が、こちらを射た。心臓まで突き刺さる視線だった。

「俺も、あの、最低な一晩のことはなかったことにしたいですから」

そうだろうな。きっとそう考えていると思っていた。それなのに、いざつきつけられると、衝撃を受けているのはどうしてなのだろう。

エレベーターに乗り込んだ。ドアが閉まったとたんに、立っていられなくなり、背中で壁にもたれかかって顔を覆う。

これは罰なんだ。さあ、おまえのやったことを見ろという、巡り合わせなんだ。そうだ、俺は彼にひどいことをした。

だが、五十嵐は知っていた。こんなに悔いているというのに、二年前、もう一度、あの公園に帰ったとして、魂が抜けたような深井を目のまえにしたとしたら、自分は同じことをする。

誘い、金を積み、自分のものにする。


ズーファラへの出発の日。成田空港には、彼の婚約者が来て、楽しげに会話をしていた。年上のように見えたが、感じのよい、明るい女性だった。深井はこの人のものなのだ。自分は、彼のことを、きちんと婚約者のところに返さなくてはいけない。

肝に銘じたはずなのに。

飛行機で疲れ果てて眠っている深井のブランケットをかけ直してやったときに、彼が泣いているのに気がついた。胸が痛んだ。

――可哀想《かわいそう》ってことは惚《ほ》れたってことよ。

どの小説の一文だったか。

ああ、自分は、また、同じ罠《わな》に陥ろうとしている。深井が隣にいる。涙を流している。それだけでこんなにも動揺している。

五十嵐は強く自分を戒める。

気持ちを傾けないようにしないといけない。これ以上深みに陥ってはいけない。彼への想いを再燃させてはいけない。

だが、それはひどく難しそうだった。

あとがき

こんにちは、ナツ之えだまめです。

「俺が買われたあの夜に。」のご読了、ありがとうございました。

ルチルさんから初の文庫を出していただくにあたり、「えだまめさんらしい、エロティックな話を」と言われ、「私らしさとはなんじゃろう」と玄関先で転がり回りながら、さんざん考えた末にできたのがこのお話でございます。

舞台が中東メインで「一晩、男に買われる」というセンセーショナルなできごとが発端であるにもかかわらず、砂漠も王様も宮殿も出てこずに、対価は十万という微妙なところ、それが私なのかもしれません。

五十嵐はもっと普通のイケメンのつもりだったのですが、書いているうちにどんどんガタイがよくなって寡黙に、反して深井はほっぺつるつるの子猫ちゃんになっていきました。これは私の好みですね。身長差があったほうがこの二人に関しては萌えたもので、ついつい。

番外編には、五十嵐視点を入れさせていただきました。この人はこの人で苦悩していたんだなあと改めてしみじみしました。

とても好きなものがあったときに、それに向かって一直線になれるのならいいのだけれど、ぐるぐる回ってしまったり、いらないとうそぶいてみたり、それでもあきらめられなくてもだもだしたり。そういう二人を、とことん追いかけてみるのは、楽しいことでした。

そして、高木と西脇を書くのがおもしろかったです。癖のある殿方というのはいいものですね。

イラストレーターの水名瀬雅良先生、すてきな五十嵐と深井、そして高木を、ありがとうございました。イラストを拝見するときには、物語が立ち上がっていくようで、胸がときめきました。

そして担当編集様、あっぷあっぷと物語の海に溺れそうになる私に、たくさんの真摯なアドバイスをありがとうございました。おかげさまで無事に、岸に辿り着くことができました。携わって下さったすべての方々と、そしてなによりも読者様に感謝し、楽しんでいただけることを願いつつ。

次も、その次も、よりいっそうすてきなものをとってこれるように、えだまめはいっそう精進する所存でございます。

また、物語でお目にかかれますことを。

ナツ之えだまめ

✦初出　俺が買われたあの夜に。…………………書き下ろし
おまえを贖うそのまえに。……………書き下ろし

ナツ之えだまめ先生、水名瀬雅良先生へのお便り、本作品に関するご意見、ご感想などは
〒151-0051 東京都渋谷区千駄ヶ谷 4-9-7
幻冬舎コミックス　ルチル文庫「俺が買われたあの夜に。」係まで。

幻冬舎ルチル文庫

俺が買われたあの夜に。

2015年12月20日　第1刷発行

✦著者	ナツ之えだまめ　なつの えだまめ
✦発行人	石原正康
✦発行元	株式会社 幻冬舎コミックス 〒151-0051 東京都渋谷区千駄ヶ谷 4-9-7 電話 03(5411)6431［編集］
✦発売元	株式会社 幻冬舎 〒151-0051 東京都渋谷区千駄ヶ谷 4-9-7 電話 03(5411)6222［営業］ 振替 00120-8-767643
✦印刷・製本所	中央精版印刷株式会社

✦検印廃止

ISBN978-4-344-83606-8　C0193　Printed in Japan